# 人生看得几清明

林清玄 著
LinQingXuan

北京联合出版公司
Beijing United Publishing Co.,Ltd.

# 自 序

## 色与空的追寻

在衣柜里找到一件蓝衫子,被那亮眼的蓝闪了眼睛。

这件久远之前的蓝衫,因为放在柜子的底层,竟然被我遗忘了二十年。二十年过去,它的蓝非但丝毫没有退失,仿佛比新购的还要蓝,蓝之又蓝。

岁月已经轮转又轮转,人生也一变再变,那蓝衫因为被遗忘,躺在风月不到之处,仍然维持了最初的样子。

那是在美浓的"锦兴蓝衫"购得的。

二十年前,我和妻子淳珍返乡,带着刚出生的小儿子亮语。听乡人说美浓锦兴蓝衫的老师傅已经七十几岁了,不知道还能做多少件蓝衫!

我和淳珍随即开车到美浓,找到那已经开了半世纪的老店,找到白发苍苍的老师傅。

量了身、打了版,我订了一件,淳珍订了三件蓝衫。当时的蓝衫已迹近失传,几乎无人订做,一星期就做好了。

试穿的时候,令我们惊喜不已,老师傅的手艺非凡,还是立体剪裁,不只合身,穿起来非常优雅,仿佛走入时光隧道。

那时淳珍青春正盛,气韵动人,在蓝衫的衬托下,更显典雅端丽。使我想起记忆中一些美丽的风情。

### 是天空的,也是海洋的

我童年的时候,高雄屏东一带的六堆地区,住的多是客家人。

当地的女子不知道为什么都穿蓝衫,配上黑色的裤子。客家妇女特别勤快,不只要照顾家里,还要下田耕作。

田中的蓝衫,成为美丽的印记。

有时候,我徒步漫行过客家庄,看到许多身着蓝衫的女子,正在绿色水田里耕作。静谧的蓝天下,微风波动的绿色稻苗,在墨绿的月光山衬托下,又安静,又神秘,真是美极了。

蓝衫的蓝,不只是天空的,也是海洋的,在静极之处,有一种汹涌,在贫瘠之地,如海浪一波一波地追逐生活更好的可能。全年都穿蓝衫的客家妇女,不需要生命更多的华彩,因为她们已拥有大地与天空。

## 蓝蝶飞空、白鹭立雪

我对蓝衫的喜爱不只来自田间。

小学的时候,有一个女老师来自南京,喜欢穿阴丹士林的蓝旗袍。

夏天的时候,她穿着半袖的蓝旗袍。

冬天的时候,她的旗袍外罩了一件大褂,是深蓝色的,还围着一条红色的围巾。

女老师对我来说,不只是气质的化身,更启动了美的开关,在贫穷偏乡的小学生,因此而有了天空的广大向往。

蒂芬尼的蓝、威治伍德的蓝、保时捷的蓝,后来都令我感动,但最使我感动的,是来自老师那最初的蓝。

有如一群蓝蝴蝶飞向天空,与整个天空融在一起。"蓝蝶飞空"与"白鹭立雪"一样,蓝是无边的,雪也是无边的。

我虽不能拥有天空,但我要飞向天空。

## 粪帚皆可衣、草木皆可食

童年时代,蓝色引爆了我对蓝的感动,也启蒙了我对美的向往。

我不只喜欢蓝色,我也爱褐色与灰色。

褐色与灰色是出家人的颜色。

我的故乡旗山，离大树乡的佛光山很近。我一有空，就往寺院里跑。很小的时候，自然皈依了佛教。

出家人上早晚课时，总穿着褐色的袍子。出坡作务则穿着灰色的唐装。不论褐色或灰色，总让我感觉到谦卑、内敛、含蓄、单纯、简朴……

后来，才知道，褐色与灰色叫"粪扫衣"，是佛陀时代希望弟子能舍弃欲望的追求，"粪扫皆可衣，草木皆可食"留下的传统。纵使衣着如粪如扫，也能无愧于心，努力修行。

我喜欢褐与灰，虽然无缘出家，却心向往之。知道从最简朴到最高境界，是可以直达的路。

## 身着白衣，心有锦缎

我还喜欢白色。

相传佛有四众弟子，比丘、比丘尼、优婆塞、优婆夷。比丘与比丘尼当然是着"粪扫衣"，优婆塞是男居士，优婆夷是女居士，居士无分男女，均着白衣。

在佛陀时代，身穿白衣是不容易的，白衣有尊贵的意思，因为要维持全身白衣，生活必须要有余裕、有空间、有从容的态度。

我曾在山上闭关好几年，每天都穿白衣，有人以为我天天穿同一套衣服，其实是，我订做了六套一样的白衣，每天穿一套，一周才洗一次。

白使我感觉纯净、平和、从容,"身着白衣,心有锦缎",白也使我淡然、无求,生命若能纯白无瑕,又有什么过不去的呢?

正如佛经里的故事,一个穿白衣的修行人,常在莲花池畔静坐,有一天黄昏,他结束静坐,看见一朵白莲花,非常非常美,他忍不住采了一朵,想带回家欣赏。

这时,莲花池神突然现身,斥责他:"你是修行的人,怎么可以随便偷折莲花呢?"

他感到很诧异,说:"昨天一个商人,把池中大部分莲花折取一空,把莲花池弄得乱七八糟,你并没有现身斥责他,我是因为美才采了一朵莲花,你却严厉指责我,不是很不公平吗?"

莲花池神说:"他是不修行的人,就像全身穿着黑衣,再怎么污染也看不出来;你是修行者,犹如白衣,只要一点小污点,就很明显,并且难以清洗了!"

是呀!身着白衣,使我们的行为举止小心翼翼,甚至常让我们内观自己的心,要不负那种纯净!

## 空中自有无限的层次

我偏爱蓝、褐、灰、白,常感觉这里面有神秘的因缘。
因缘不只表现在颜色的追寻,更是表现在一切的形与象。

> 色不异空,空不异色;
> 色即是空,空即是色;
> 受想行识,亦复如是。

《心经》上这样说,所有的色相、感受、念想、行为、见解,都是因缘所聚合的,因缘生、住、异、灭,最终归于空无,因此,人间万相,不可住留,也无法掌握,更无需留恋呀!

"空"并不是"无",也不是"没有",若以天空作比,空中自有无限的层次,有白云、乌云,有晨曦、晚霞,有彩虹、夜雾,有日有月……

每天的天空都不同,但每天的天空都将恢复为空,生活亦复如是!

若对生活无感,则日复一日,年华终将老去;若能深深地感知,在色与空的追寻之间,就能生起智慧。前人留下的艺术、音乐、绘画、文学、戏剧,乃至一切的创作,不都是这样吗?

## 万里江山酒一杯

不信青春唤不回,不容青史尽成灰;
低徊海上成功宴,万里江山酒一杯。

我喜欢于右任的这首小诗,虽然不信不容,但是,青春,终究是唤不回了;青史,最后也成灰了,在漂流的生命之海,回头一望,万里江山只剩下一杯酒,化成点点的相思泪。

色与空的追寻,正是文学的追寻,因缘的聚散,人生的离合,回头观之,既是偶然,也是必然。

岁月已随风而逝,创作的心,依然迎风而立,振衣于千仞之岗,长啸于万海之滨,我仿佛还是那身穿蓝衫的最初的少年。

林清玄
2016 年秋末
台北双溪清淳斋

# 目录
contents

### 第一辑
### 阳光深处守候你

我似昔人，不是昔人 //003

光之四书 //012

以夕阳落款 //025

云　散 //028

期待父亲的笑 //031

唯心即是净土 //038

圣人的窗户 //041

思想的天鹅 //043

澈如水晶 //047

生活的回香 //049

悬崖边的树 //052

第二辑

待到百花烂漫时

寒梅着花未 //059

桃花心木 //062

心田上的百合花 //066

沉水香 //069

紧抱生命之树 //071

黄玫瑰的心 //075

软枝阳桃 //080

荷花的心 //082

宝蓝的花 //086

第三辑

维持心内一瓣香

生平一瓣香 //091

归彼大荒 //096

一生从容 //101

记忆的版图 //106

玫瑰奇迹 //113

寻找完美的老人 //116

人格者 //118

食家笔记 //121

坚持之味 //142

让开心成为一种习惯 //150

生命的化妆 //153

木瓜树的选择 //156

# 目录 contents

**第四辑**
**清欢有味,平凡最真**

清　欢 //163

暖暖的歌 //171

雪的面目 //175

清雅食谱 //177

放　下 //182

连兴老店 //184

失落的王者之香 //188

味之素 //192

莲花汤匙 //199

忘情花的滋味 //205

由于流逝的岁月
似我非我
未来的日子
也似我非我
只有善待每一个今朝
尽其在我的珍惜每一个因缘
并且深化
转化
净化自己的生命

# 第一辑

## 阳光深处守候你

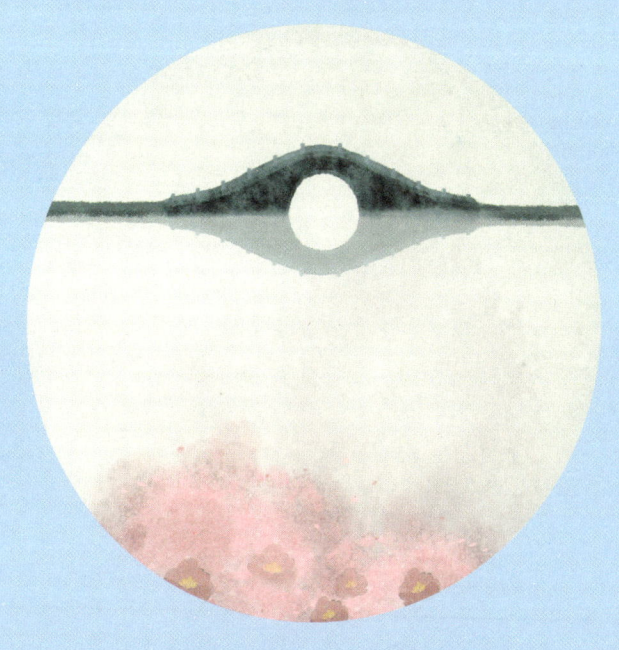

我似昔人，不是昔人　　　圣人的窗户

光之四书　　　　　　　　思想的天鹅

以夕阳落款　　　　　　　澈如水晶

云　散　　　　　　　　　生活的回香

期待父亲的笑　　　　　　悬崖边的树

唯心即是净土

## 我似昔人,不是昔人

1

憨山大师有一年冬天读《肇论》,对里面僧肇大师谈到的"旋岚偃岳而常静,江河竞注而不流"感到十分疑惑,心思惘然。

又读到书里的一段:有一位梵志从幼年出家,一直到白发苍苍才回到家乡,邻居问梵志说:"昔人犹在耶?"梵志说:"吾似昔人,非昔也。"憨山豁然了悟,说:"信乎!诸法本无去来也!"

然后,他走下禅床礼佛,悟到无起动之相,揭开竹帘,站立在台阶上,忽然看见大风吹动庭院里的树,飞叶满空,却了无动相,他感慨地说:"这就是旋岚偃岳而常静呀!"又看到河中流水,了无流相,说:"此江河竞注而不流呀!"于是,去来生死的疑惑,从这时候起完全像冰雪融化一样,随手作了一首偈:

> 死生昼夜，水流花谢。
> 今日乃知，鼻孔向下。

## 2

我每一次想到憨山大师传记里的这一段，都会油然地感动不已，它似乎在冥冥中解释了时空岁月的答案。

表面上看，山上的旋岚、飘叶、云飞，是非常热闹的，但是山的本身却是那么安静——河中的水奔流不停，但是河的本质并没有什么改变。人的生死，宇宙的昼夜，水的奔流，花果的飘零，都像是这样，是自然的进程罢了。

这就是为什么梵志白发回乡，对邻居说："我像是从前的梵志，却已经不是以前的梵志了。"

岁月在我们的身上，毫不留情地写下刻痕，在每一次揽镜自照的时候，都会慨然发现，我们的脸容苍老了，我们的白发增生了，我们的身材改变了，于是，不免要自问："这是我吗？"

这就是从前那一位才华洋溢、青春飞扬、对人世与未来充满热切追求的我吗？

这是我,因为每一步改变的历程,我都如实地经验,还记得自己的十岁、二十岁、三十岁,一步一步的变迁。

这也不是我,因为不论在外貌、思想、语言都已经完全改变了。如果遇到三十年前的旧友,他可能完全不认得我,或许,我如果在街上遇见十岁时的自己,也会茫然地错身而过。

时空与我,在生命的历程上起着无限的变化,使我感到惘然。

那关于我的,到底是我吗?不是我吗?

## 3

有一次返乡,在我就读过的旗山国小大礼堂演讲,我的两个母校,旗山国民小学、旗山初中都派了学生来献花,说我是杰出的校友。

演讲完后,遇到了我的一个小学中学的老师,简直不敢与他们相认,因为他们都老得不是原来的样子,当时我就想,他们一定也有同样的感慨吧!没想到从前那个从来不穿鞋上学的毛孩子,现在已经步入中年了。

一位二十年没见的小学同学来看我,紧紧握着我的手说:"二十年没见,想不到你变得这么老了!"——他讲的是实话,我们是两面镜子,他看见我的老去,我也看到了他的白发,其中最荒谬的是,我们都确信眼前这完全改变的同学，是"昔日人"，也相信自己还是从前的我。

一位小学老师说："没想到你变得这么会演讲呢！"

我想到，小时候我就很会演讲，只是国语不标准，因此永远没有机会站上讲台，不断挫折与压抑的结果，是我变得忧郁，每次上台说话就自卑得不得了，甚至脸红心跳说不出话来。

连我自己都不能想象，二十几年之后，我每年要做一百多次的大型演讲，当然，我的老师更不能想象的。

我不只是外貌彻底地改变了，性格、思想也不再是从前的自己。

但是，属于童年的我，却是旋岚偃岳、江河竞注，那样清晰，充满了动感。

4

今年过年的时候，在家里一张被弃置多年的书桌里，找到了我在童年、少年时代的一些照片，黑白的、泛着岁月的黄渍。

我坐在书桌前专注地寻索着那些早已在岁月之流中逝去的自己，瘦小、苍白，常常仰天看着远方。

那时在乡下的我们，一面在学校读书，一面帮忙家里的农事，对未来都有着茫然之感，只知道长大一定要到远方去奋斗，渴望有衣锦还乡的一天。

有一张照片后面，我写着：

> 男儿立志出乡关，
> 毕业无成誓不还。

那是初中三年级，后来我到台南读高中，大学考了好几次，有一段时间甚至灰心丧志，觉得天下之大，竟没有自己容身的地方。想到自己十五岁就离家了，少年迷茫，不知何往。

还有一张是高中一年级的，背后竟早熟地写道：

> 我是谁？
> 我从哪里来？
> 要往哪里去？
> 在人群里，谁认识我呢？

我看着那些照片，试图回到当时的情境，但情境已渺，不复可追。如果我不写说明，拿给不认识从前的我的朋友看，他们一定不能在人群里认出我来。

坐在地板上看那些照片，竟看到黄昏了，直到母亲跑上来说："你在干什么呢？叫好几次吃晚饭，都没听见。"我说在看从前的照片。

"看从前的照片就会饱了吗？"母亲说，"快！下来吃晚饭。"

我醒过来，顺随母亲下楼吃晚饭，母亲说得对，这一顿晚饭比从前的照片重要得多。

5

这二十年来，我写了五十几本书，由于工作忙碌，很少回乡，哥哥姊姊竟都是在书里与我相见。

有一次，姊姊和我讨论书中的情节，说："你真的经历这些事吗？"

"是的。"我说。

"真想不到，我的同事都问我，你写的那些是不是真的，我说我也不知道呀！因为我的弟弟十五岁就离家了。"

有时候，我出国也没有通知家里的人。那时在《中国时报》当主编，时常到国外去出差，几乎走遍了半个地球。亲戚朋友偶尔会问：

"这写埃及的，是真的吗？""这写意大利的，是真的吗？"

我的脸上并没有写过我到过的国家，我的眼里也无法映现生命那些私密经验的历程，因此，到后来，连我自己也会问自己："这些都是真的吗?"如果是假的,为什么如此真实?如果是真的,现在又在何处呢?生命的经验没有一段是真的,也没有一段是假的,回想起来,真的是如梦如幻,假的又是刻骨铭心,在走过了以后,真假只是一种认定呀!

## 6

有时候,不肯承认自己四十岁了,但现在的辈分又使我尴尬。

早就有人叫我"叔公""舅公""姨丈公""姑丈公"了,一到做了公字辈,不认老也不行。

我是怎么突然就到了四十岁呢?

不是突然!生命的成长虽然有阶段性,每天却都是相连的,去日、今日与来日,是在喝茶、吃饭、睡觉之间流逝的,在流逝的时候并不特别警觉,但是每一个五年、十年就仿佛河流特别湍急,不免有所醒觉。

看着两岸的人、风景,如同无声的黑白默片,一格一格地显影、定影,终至灰白、消失。

无常之感在这时就格外惊心,缘起缘灭在沉默中,有如响雷。

生命会不会再有一个四十年呢?如果有,我能为下半段的生命奉献什么?

由于流逝的岁月，似我非我；未来的日子，也似我非我，只有善待每一个今朝，尽其在我的珍惜每一个因缘，并且深化、转化、净化自己的生命。

7

憨山大师觉悟到"旋岚偃岳而常静，江河竞注而不流"的时候，是二十九岁。想来惭愧，二十九岁的时候我在报馆里当主笔，旋岚乱动，江河散流，竟完全没有过觉悟的念头。

现在懂得了一点点佛法、体验一些些无常、观照一丝丝缘起，才知道要做一个不受人惑的人是多么艰难。幸好，选到了一双叫"菩萨道"的鞋子，对路上的荆棘、坑洞，也能坦然微笑地迈步了。

记得胡适先生在四十岁时，曾在照片上自提"做了过河卒子，只要拼命向前"，我把它改动一下"看见彼岸消息，继续拼命向前"，来作为自己四十岁的自勉。

但愿所有的朋友，也能一起前行，在生命的流逝、在因缘的变换中，都能无畏，做不受惑的人。

旋嵐偃岳而常靜
江河竟注而不流

光之四书

光之色

当塞尚把苹果画成蓝色以后,大家对颜色突然开始有了奇异的视野,更不要说马蒂斯蓝色的向日葵、毕加索鲜红色的人体、夏加尔绿色的脸了。

艺术家们都在追求绝对的真实,其实这种绝对往往不是一种常态。

我是真正见过蓝色苹果的人。有一次去参加朋友的舞会,舞会不免有些水果点心,我发现就在我坐的位子旁边一个摆设得精美的果盘,中间有几只梨山的青苹果,苹果之上一个色纸包扎的蓝灯,一束光正好打在苹果上,那苹果的蓝色正是塞尚画布上的色泽。那种感动竟使我微微地颤抖起来,想到诗人里尔克称赞塞尚的画:"是法国式的雅致与德国式的热情之平衡。"

设若有一个人,他从来没见过苹果,那一刻,我指着那苹果说:苹果是蓝色的。他必然要相信不疑。

然后,灯光变了,是一支快速度的舞,七彩的光在屋内旋转,打在果盘上,所有的水果顿时成为七彩的斑点流动。我抬头,看到舞会男女,每个人脸上的肤色隐去,都是霓虹灯一样,只是一些活动的碎点,像极了秀拉用细点的描绘。当刻,我不仅理解了马蒂斯、毕加索、夏加尔种种,甚至看见了除去阳光以外的真实。

在阳光下,所有的事物自有它的颜色,当阳光隐去,在黑暗里,事物全失去了颜色。设若我们换了灯,同样是灯,灯泡与日光灯会使色泽不同,即使同是灯泡,"白炽"与"荧光"间相去甚巨,不要说是一支蜡烛了。我们时常说在黑夜的月光与烛光下就有了气氛,那是我们多出一种想象的空间,少去了逼人的现实。即使在阳光艳照的天气,我们突然走进树林,枝叶掩映,点点丝丝,气氛仿佛滤过,就围绕了周边。什么才是气氛呢?因为不真实,才有气氛,令人迷惑。或者说除去直接无情的真实,留下迂回间接的真实,那就是一般人口里的气氛了。

有一回在乡下,听到一位农夫说到现今社会风气的败坏,他说:"都是电灯害的,电灯使人有了夜里的活动,而所有的坏事全是在黑暗里进行的。"想想，人在阳光的照耀下，到底还是保持着本色，黑暗里本色失去，一只苹果可以蓝，可以七彩，人还有什么不可为呢？

这样一想，阳光确实是无情，它让我们无所隐藏，它的无情在于它的无色，也在于它的永恒，又在于它的自然。不管人世有多少沧桑，阳光总不改变它的颜色，所以仿佛也不值得歌颂了。

熟知中国文学的人应该发现，中国诗人词家少有写阳光下的心情，他们写到的阳光尽是日暮（天寒翠袖薄，日暮倚修竹），尽是黄昏（月上柳梢头，人约黄昏后），尽是落日（大漠孤烟直，长河落日圆），尽是夕阳（去年天气旧亭台，夕阳西下几时回），尽是斜阳（斜阳外，寒鸦数点，流水绕孤村），尽是落照（家住苍烟落照间，丝毫尘事不相关）……阳光无所不在，无地不照，反而只有离去时最后的照影，才能勾起艺术家诗人的灵感，想起来真是奇怪的事。

一朝唐诗、一代宋词，大部分是在月下、灯烛下进行，你说奇怪不奇怪？说起来就是气氛作怪，如果是日正当中，仿佛都与情思、离愁、国仇、家恨无缘，思念故人自然是在月夜空山才有气氛，怀忧边地也只有在清风明月里才能服人，即使饮酒作乐，不在有月的晚上难道是在白天吗？其实天底下最大的痛苦不是在夜里，而是在大太阳下也令人战栗，只是没有气氛，无法描摹罢了。

有阳光的天色，是给人工作的，不是给人艺术的，不是给人联想和忧思的。有阳光的艺术不是诗人词家的，而是画家的专利，中国一部艺术史大部分写着阳光,西方的艺术史也是亮灿照耀,到印象派的时候更是光影辉煌,只是现代艺术家似乎不满意这样,他们有意无意地改变光的颜色。抽象自不必说了,写实也不要俗人都看得见的颜色,而是透过画家的眼睛,他们说这是"超脱",这是"真实",这是"爱怎么画就怎么画才是创作"。

我常说艺术家是上帝的错误设计,因为他们要在阳光的永恒下,另外做自己的永恒,以为这样就成为永恒的主宰。艺术背叛了阳光的原色,生活也是如此。我们的黑夜越来越长,我们的屋子越来越密,谁还在乎有没有阳光呢?现在,我如果批评塞尚的蓝苹果,一定引来一阵乱棒,就像齐白石若画了蓝色的柿子也会挨骂一样,其实前后才不过是百年的时间。一百年,就让现代人相信,没有阳光,日子一样自在;亦让现代人相信,艺术家的真实胜过阳光的真实。

阳光本色的失落是现代人最可悲的一种,许多人不知道在阳光下,稻子可以绿成如何,天可以蓝到什么程度,玫瑰花可以红到透明,那是因为过去在阳光下工作的人占人类的大部分,现在变成小部分了,即使是在有光的日子,推窗究竟看的是什么颜色呢?

我常在都市热闹的街路上散步,有时走过长长的一条路,找不到一根小草,有时一年看不到一只蝴蝶。这时我终于知道:我们心里的小草有时候是黑的,而在繁屋的每一面窗中,埋藏了无数苍白没有血色的蝴蝶。

我在晒太阳时则想
是不是有一种瓶子可以装满阳光
卖给那些没有晒过太阳的人呢

## 光之香

我遇见一位年轻的农夫,在南方一个充满阳光的小镇。

那时是春末了,一期稻作刚刚收成,春日阳光的金线如雨般倾盆泼在温暖的土地上,牵牛花在篱笆上缠绵盛开,苦苓树上鸟雀追逐,竹林里的笋子正纷纷涨破土地。细心地想着植物突破土地,在阳光下成长的声音,真是人间里非常幸福的感觉。

农夫和我坐在稻埕旁边,稻子已经平铺在场上。由于阳光的照射,稻埕闪耀着金色的光泽,农夫的皮肤染了一种强悍的铜色。我在农夫家做客,刚刚是我们一起把谷包的稻子倒出来,用犁耙推平的,也不是推平,是推成小小山脉一般,一条棱线接着一条棱线,这样可以让山脉两边的稻谷同时接收阳光的照射,似乎几千年来就是这样晒谷子,因为等到阳光晒过,八爪耙把棱线推进原来的谷底,则稻谷翻身,原来埋在里面的谷子全翻到向阳的一面来——这样晒谷比平面有效而均衡,简直是一种阴阳的哲学了。

农夫用斗笠扇着脸上的汗珠,转过脸来对我说:"你深呼吸看看。"

我深深地吸了一口气,缓缓吐出。

他说:"你吸到什么没有?"

我吸到的是稻子的气味,有一点儿香。我说。

他开颜地笑了,说:"这不是稻子的气味,是阳光的香味。"

"阳光的香味?"我不解地望着他。

那年轻的农夫领着我走到稻埕中间,伸手抓起一把向阳一面的谷子,叫我用力地嗅,那时稻子成熟的香气整个扑进我的胸腔;然后,他抓起一把向阴的埋在内部的谷子让我嗅,却是没有香味了。这个实验让我深深吃惊,感觉到阳光的神奇,究竟为什么只有晒到阳光的谷子才有香味呢?年轻的农夫说他也不知道,是偶然在翻稻谷晒太阳时发现的,那时他还是大学生,暑假偶尔帮忙农作,想象着都市里多彩多姿的生活,自从晒谷时发现了阳光的香味,竟使他下决心要留在家乡。我们坐在稻埕边,漫无边际地谈起阳光的香味来,然后我几乎闻到了幼时刚晒干的衣服上的味道,新晒的棉被、新晒的书画,光的香气就那样淡淡地从童年中流泻出来。自从有了烘干机,那种衣香就消失在记忆里,从未想过竟是阳光的关系。

农夫自有他的哲学,他说:"你们都市人可不要小看阳光,有阳光的时候,空气的味道都是不同的。就说花香好了,你有没有分辨过阳光下的花与屋里的花,香气不同呢?"

我说:"那夜来香、昙花香又作何解呢?"

他笑得更得意了:"那是一种阴香,没有壮怀的。"

我便那样坐在稻埕边,一再地深呼吸,希望能细细品味阳光的香气,看我那样正经庄重,农夫说:"其实不必深呼吸也可以闻到,只是你的嗅觉在都市里退化了。"

## 光之味

在澎湖访问的时候,我常在路边看渔民晒鱿鱼,发现晒鱿鱼有两种方式:一种是把鱿鱼放在水泥地上,隔一段时间就翻过身来。在没有水泥地的土地,为了怕蒸起的水汽,渔民把鱿鱼像旗子一样,一面面挂在架起的竹竿上——这种景观是在澎湖、兰屿随处可见的,有的台湾沿海也看得见。

有一次,一位渔民请我吃饭,桌子上就有两盘鱿鱼,一盘是新鲜的刚从海里捕到的鱿鱼,一盘是阳光晒干以后,用水泡发,再拿来煮的。渔民告诉我,鱿鱼不同于其他的鱼,其他的鱼当然是新鲜的最好,鱿鱼则非经过阳光烤炙,不会显出它的味道来。我仔细地吃起鱿鱼,发现新鲜的虽脆,却不像晒干的那样有味、有劲,为什么这样,真是没什么道理。难道阳光真有那样大的力量吗?

渔民见我不信,捞起一碗鱼翅汤给我,说:"你看这鱼翅好了,新鲜的鱼翅,卖不到什么价钱的,因为一点也不好吃,只有晒干的鱼翅才珍贵,因为香味百倍。"

为什么鱿鱼、鱼翅经过阳光暴晒以后会特别好吃呢？确实不可思议，其实不必说那么远，就是一只乌鱼子，干的乌鱼子价钱何止是新鲜乌鱼子的十倍？

后来我在各地旅行的时候，特别留意这个问题，有一次在南投竹山吃东坡肉油焖笋尖，差一点儿没有吞下盘子。主人说那是今年的阳光特别好，晒出了最好吃的笋干；阳光差的时候，笋干也显不出它的美味，嫩笋虽自有它的鲜味，经过阳光，却完全不同了。

对鱿鱼、鱼翅、乌鱼子、笋干等来说，阳光的功能不仅让它干燥、耐于久藏，也仿若穿透它，把气味凝聚起来，使它发散出不同的味道。我们走入南货行里所闻到的是干货聚集的味道，我们走进中药铺子扑鼻而来的是草香、药香，在从前，无一不是经由阳光的凝结。现在有无须阳光的干燥方法，据说味道也不如从前了。一位老中医师向我描述从前"当归"的味道，说如今怎样熬炼也不如昔日，我没有吃过旧日当归，不知其味，但这样说，让我感觉现今的阳光也不像古时有味了。

不久前，我到一个产制茶叶的地方，茶农对我说，好天气采摘的茶叶与阴天采摘的、烘焙出来的茶就是不同；同是一株茶，春茶与冬茶也全然两样，则似乎一天与一天的阳光味道不同，一季与一季的阳光更天差地别了，而它的先决条件，就是要具备一只敏感的舌头。

不管在什么时代，总有一些人具备好的舌头，能辨别阳光的壮烈与阴柔——阳光那时刻像是一碟精心调制的小菜，差一点点，在食家的口中已自有高下了。

这样想，使我悲哀，因为盘中的阳光之味在时代的进程中似乎日渐清淡起来。

## 光之触

八月的时候，我在埃及，沿着尼罗河自北向南，从开罗逆流而溯。一直经过卢克索、帝王谷、亚斯文诸地。那是埃及最热的天气，晒两天，就能让人换过一层皮肤。

由于埃及阳光可怕的热度，我特别留心到当地人的穿着，北非各地，夏天的衣着也是一袭长袍长袖的服装，甚至头脸全包扎起来。我问一位埃及人："为什么太阳这么大，你们不穿短袖的衣服，反而把全身包扎起来呢？"他的回答很妙："因为太阳实在太大，短袖长袖同样热，长袖反而可以保护皮肤。"

在埃及八天的旅行中，我在亚斯文旅店洗浴时，发现皮肤一层一层地凋落，如同干去的黄叶。埃及的经验使我真实地感受到阳光的威力，它不只是烧炙着人，甚至是刺痛、鞭打、揉搓着人的肌肤，阳光热烘烘地把我推进一个不可回避的地方，每一秒的照射都能真实地感应。

后来到了希腊,在爱琴海滨,阳光也从埃及那种磅礴波澜进入一个细致的形式,虽然同样强烈地包围着我们。海风一吹,阳光在四周汹涌,有浪大与浪小的时候,我感觉希腊的阳光像水一样推涌着,好像手指的按摩。

再来是意大利,阳光像极了文艺复兴时期米开朗琪罗的雕像,开朗、强壮,但给人一种美学的感应,那时阳光是轻拍着人的一双手,让我们面对艺术时真切地清醒着。

到了中欧诸国,阳光简直成为慈和温柔的怀抱,拥抱着我们。我感到相当惊异,因为同是八月盛暑,阳光竟有着种种变化的触觉:或狂野、或壮朗、或温和、或柔腻,变化万千,加以欧洲空气的干燥,更触觉到阳光直接的照射。

那种触觉简直不只是肌肤的,也是心灵的,我想起中国的一个寓言:

有一个瞎子,从来没有见过太阳,有一天他问一个好眼睛的人:"太阳是什么样子呢?"

那人告诉他:"太阳的样子像个铜盘。"

瞎子敲了敲铜盘,记住了铜盘的声音,过了几天,他听见敲钟的声音,以为那就是太阳了。

后来又有一个眼睛好的人告诉他:"太阳是会发光的,就像蜡烛一样。"

瞎子摸摸蜡烛，认出了蜡烛的形式，又过了几天，他摸到一支箫，以为这就是太阳了。

他一直无法搞清太阳是什么样子。

瞎子永远不能看见太阳的样子，自然是可悲的，但幸而瞎子同样能有阳光的触觉。寓言里只有手的触觉，而没有心灵的触觉，失去这种触觉，就是眼睛好的人，也不能真正知道太阳的。

冬天的时候，我坐在阳台上晒太阳，同一个下午的太阳，我们能感觉到每一刻的触觉都不一样，有时温暖得让人想脱去棉衫，有时一片云飘过，又冷得令人战栗。晒太阳的时候，我觉得阳光虽大，它却是活的，是宇宙大心灵的证明，我想只要真正地面对过阳光，人就不会觉得自己是神，是万物之主宰。

只要晒过太阳，也会知道，冬天里的阳光是向着我们，但走远了，夏天则又逼近，不管什么时刻，我们都触及了它的存在。

记得梭罗在瓦尔登湖畔，清晨吸到新鲜空气，希望将那空气用瓶子装起，卖给那些迟起的人。我在晒太阳时则想，是不是有一种瓶子可以装满阳光，卖给那些没有晒过太阳的人呢？

每一天出门的时候，我们对阳光有没有触觉呢？如果没有，我们的感官能力正在消失。因为当一个人对阳光竟能无感，如果说他能对花鸟虫鱼、草木山河有观，都是自欺欺人的了。

如果我们的每一天是一幅画
应该尽心地着墨
尽情地上彩
尽力地美丽动人
在落款钤印的时候
才不会感到遗憾

## 以夕阳落款

开车走麦帅二桥,要下桥的时候,突然看到西边天最远的地方,有一轮紫红色的、饱满而圆润的夕阳。

那夕阳美得出乎我的意料,紫红中有一种温柔震慑了我的心,饱满而圆润则有一种张力,温暖了我连日来被误解的灰暗。

我突然感到舍不得,舍不得夕阳沉落。

我没有如平时一样,下桥的第三个红绿灯左转,而是直直地向西边的太阳开去。

我一边踩着油门,一边在心里赞美这城市里少见的秋日夕阳之美,也一边为夕阳沉落的速度感到可惊。

仿如拿着滚轮滚下最陡的斜坡,连轮轴都没看清,滚轮已落在山脚。夕阳亦是如此,刚刚在桥上还高挂在大楼顶方的红色圆盘,一坠一坠,迅即落入路的尽头。

就在夕阳落入不见的那一刹那，城市立即蒙上了一片灰色的暗影，我的心也像石头坠入湖心，石已不见，一波一波的涟漪却泛了起来。

我猛然感到两个可怕的想法：我每天都在同一个时间走同一条路到学校接孩子放学，为什么三个月来都没有看见美丽的夕阳？如果我曾看见夕阳，为什么三个月来完全没有感觉？

这两个想法使我忍不住悲哀。在前面的三个月，我就像一棵树，为了抵挡生命中突来的狂风暴雨，以免树下的几棵小树受伤，竟日在风雨中摇来摇去，根本没有时间抬头看看蔚蓝的天空，更不用说一天只是短暂露脸的夕阳了。

我为自己感到悲伤，但是更悲伤的是，想到这城市里，即使生命中没有风雨，也很少人能真心欣赏这美丽的夕阳吧！

每天黄昏时开车去接孩子，会打开收音机以排遣塞车的无聊，才渐渐发现，黄昏时刻几乎所有的电台都是论说的节目。抒情的、感性的节目，在下午四点以后就全部沦亡了。

论说的节目几乎无可避免地有一个共同的调子，那就是批评，永不停止的批评。

我常常会想：在黄昏的时候，一天的工作已经结束，心情应该处在一种欢喜与柔美的状态，沉浸于优美的音乐中。然而，几乎所有的节目都在论说，永不停止地议论，是不是象征着整个城市在黄昏时，美好的感觉也都沦亡了呢？

想要换个电台、换一种感觉,转来转去却转不出忧伤的心。最后,只好又转回我最喜欢的台北爱乐,一边听着优美的古典音乐,一边想:如果在黄昏时刻禁止论说,只准听音乐、喝茶、看夕阳沉思,将是对这个城市最严重的惩罚吧!

那美丽的紫红夕阳,使我想起水墨画左下角的落款的印章。

如果我们的每一天是一幅画,应该尽心地着墨,尽情地上彩,尽力地美丽动人,在落款铃印的时候,才不会感到遗憾。对一幅画而言,论说是容易的,抒情是困难的;涂鸦是容易的,留白是困难的;签名是容易的,盖章是困难的。

但是,这个城市还有人在画水墨画吗?还有人在每天黄昏,用庄严的心情为一幅水墨画落款吗?

看到夕阳完全沉落,我怅然地回转车子,有着橘子黄的光晕还余韵犹存地照在车上,惨白的街灯则已点燃,逐渐在黑幕里明晰。

我为自己的今天盖下一个美丽的落款封印,并疼惜从前那些囿于世俗的、沦于形式的、僵于论说的、在无知与无意间流逝的时光。

## 云 散

我喜欢胡适的一首白话诗《八月四夜》:

我指望一夜的大雨,
把天上的星和月都遮了;
我指望今夜喝得烂醉,
把记忆和相思都灭了。

人都静了,
夜已深了,
云也散干净了,
仍旧是凄清的明月照我归去,
我的酒又早已全醒了。

酒已都醒，

如何消夜永？

这首《八月四夜》，是根据周邦彦的一阕词《关河令》改写成的，《关河令》的原文是：

秋阴时晴渐向暝，

变一庭凄冷。

伫听寒声，

云深无雁影。

更深人去寂静。

但照壁，孤灯相映。

酒已都醒，

如何消夜永？

胡适的诗一点儿也不比周邦彦的原词逊色。我从前喜欢这首诗，是欢喜诗中的孤单和寂寞的味道，尤其是在烂醉之后醒来，不知道如何度过凄清的好像永无尽头的寒夜时。我在少年时代，有很多次的心境都接近了这首诗的情景。

这使我想起，孤单和寂寞虽也有它极美的一面，但究竟不是幸福的，只是有时我们细细想来，幸福里如果没有孤单和寂寞的时刻，幸福依然是不圆满的。

最好的是，在孤单与寂寞的时候，自己也能品味出那清醒明净的滋味，有时能有一些记忆和相思牵系，才是最幸福的事。

清晨滚着金边的红云，是美的。

午后飘过慵懒的白云，是美的。

黄昏燃烧炽烈的晚霞，是美的。

有时散得干净的天空，也是美的。

那密密层层包裹着青天的乌云，使我们带着冷冽的醒觉，何尝不美呢？

当一个人，走过了辉煌的少年时代，有许多人就开始在孤单与寂寞的煎熬中过日子；当一个人，失去了情爱与生命的理想，可能就会在无奈的孤独中忍受一生；当一个人，不能体会到独处的丰富与幸福时，他的生命之火就开始黯然褪色……

凄清的明月是不是美丽的明月那同一个明月呢？当我们从生命的烂醉醒来的时候，保持明净的心灵世界，让我们也欢喜独处时的寂寞吧！因为要做一个自足的人，就是每一时每一刻都能看清云彩从心窗飘过的姿势。在云也散干净的时候，还能在永夜中保持愉悦清明，那么，即使记忆与相思不灭，我们也能自在地坦然地走下去。

## 期待父亲的笑

父亲躺在医院的加护病房里，还殷殷地叮嘱母亲不要通知远地的我，因为他怕我在台北工作担心他的病情。还是母亲偷偷叫弟弟来通知我，我才知道父亲住院的消息。

这是典型的父亲的个性，他是不论什么事总是先为我们着想，至于他自己，倒是很少注意。我记得在很小的时候，有一次父亲到凤山去开会，开完会他到市场去吃了一碗肉羹，觉得是很少吃到的美味，他马上想到我们，先到市场去买了一个新锅，买了一大锅肉羹回家。当时的交通不发达，车子颠簸得厉害，回到家时肉羹已冷，且溢出了许多，我们吃的时候已经没有父亲所形容的那种美味。可是我吃肉羹时心血沸腾，特别感到那肉羹是人生难得，因为那里面有父亲的爱。

在外人的眼中，我的父亲是粗犷豪放的汉子，只有我们做子女的知道他心里极为细腻的一面。提肉羹回家只是一端,他不管到什么地方,有好的东西一定带回给我们,所以我童年时代,父亲每次出差回来,总是我们最高兴的时候。

他对母亲也非常体贴,在记忆里,父亲总是每天清早就到市场去买菜,在家用方面也从不让母亲操心。这三十年来我们家都是由父亲上菜场,一个受过日式教育的男人,能够这样内外兼顾是很少见的。

父亲是影响我最深的人。父亲的青壮年时代虽然受过不少打击和挫折,但我从来没有看过父亲忧愁的样子。他是一个永远向前的乐观主义者,再坏的环境也不皱一下眉头,这一点深深地影响了我,我的乐观与韧性大部分得自父亲的身教。父亲也是个理想主义者,这种理想主义表现在他对生活与生命的尽力,他常说:"事情总有成功和失败两面,但我们总是要往成功的那个方向走。"

由于他的乐观和理想主义,使他成为一个温暖如火的人,只要有他在就没有不能解决的事,就使我们对未来充满了希望。他也是个风趣的人,再坏的情况下,他也喜欢说笑,他从来不把痛苦给人,只为别人带来笑声。

小时候,父亲常带我和哥哥到田里工作,透过这些工作,启发了我们的智慧。例如我们家种竹笋,在我没有上学之前,父亲就曾仔细地教我怎么去挖竹笋,怎么看土地的裂痕,才能挖到没有出青的竹笋。

二十年后，我到行山去采访笋农，曾在竹笋田里表演了一手，使得笋农大为佩服。其实我已二十年没有挖过笋，却还记得父亲教给我的方法，可见父亲的教育对我影响多么大。

也由于是农夫，父亲从小教我们农夫的本事，并且认为什么事都应从农夫的观点出发。像我后来从事写作，刚开始的时候，父亲就常说："写作也像耕田一样，只要你天天下田，就没有不收成的。"他也常叫我不要写政治文章，他说："不是政治性格的人去写政治文章，就像种稻子的人去种槟榔一样，不但种不好，而且常会从槟榔树上摔下来。"他常教我多写些于人有益的文章，少批评骂人，他说："对人有益的文章是灌溉施肥，批评的文章是放火烧山；灌溉施肥是人可以控制的，放火烧山则常常失去控制，伤害生灵而不自知。"他叫我做创作者，不要做理论家，他说："创作者是农夫，理论家是农会的人。农夫只管耕耘，农会的人则为了理论常会牺牲农夫的利益。"

父亲的话中含有至理，但他生平并没有写过一篇文章。他是用农夫的观点来看文章，每次都是一语中的，意味深长。

有一回我面临了创作上的瓶颈，回乡去休息，并且把我的苦恼说给父亲听。他笑着说："你的苦恼也是我的苦恼，今年香蕉收成很差，我正在想明年还要不要种香蕉，你看，我是种好呢？还是不种好？"我说："您种了四十多年的香蕉，当然还要继续种呀！"

他说:"你写了这么多年,为什么不继续呢?年景不会永远坏的。假如每个人写文章写不出来就不写了。那么,天下还有大作家吗?"

我自以为在写作上十分用功,主要是因为我生长在世代务农的家庭。我常想:世上没有不辛劳的农人,我是在农家长大的,为什么不能像农人那么辛劳?最好当然是像父亲一样,能终日辛劳,还能利他无我,这是我写了十几年文章时常反躬自省的。

母亲常说父亲是劳碌命,平日总闲不下来,一直到这几年身体差了还常往外跑,不肯待在家里好好休息。他是那一种有福不肯独享,有难愿意同当的人。

他年轻时身强体壮,力大无穷,每天挑两百斤的香蕉来回几十趟还轻松自在。我还记得他的脚大得像船一样,两手摊开时像两个扇面。一直到我上初中的时候,他一手把我提起还像提一只小鸡,可是也是这样棒的身体害了他,他饮酒总不知节制,每次喝酒一定把桌底都摆满酒瓶才肯下桌,喝一打啤酒对他来说是小事一桩,就这样把他的身体喝垮了。

在六十岁以前,父亲从未进过医院,这三年来却数度住院,虽然个性还是一样乐观,身体却不像从前硬朗了。这几年来如果说我有什么事放心不下,那就是操心父亲的健康,看到父亲一天天消瘦下去,真是令人心痛难言。

父亲有五个孩子,这里面我和父亲相处的时间最少,原因是我离家最早,工作最远。我十五岁就离开家乡到台南求学,后来到了台北,工作也在台北,每年回家的次数非常有限。近几年结婚生子,工作更加忙碌,一年更难得回家两趟,有时颇为自己不能孝养父亲感到无限愧疚。父亲很知道我的想法,有一次他说:"你在外面只要向上,做个有益社会的人,就算是有孝了。"

母亲和父亲一样,从来不要求我们什么,她是典型的农村妇女,一切荣耀归给丈夫,一切奉献都给子女,比起他们的伟大,我常觉得自己的渺小。

我后来从事报告文学,在各地的乡下人物里,常找到父亲和母亲的影子,他们是那样平凡、那样坚强、又那样的伟大。我后来的写作里时常引用村野百姓的话,很少引用博士学者的宏论,因为他们是用生命和生活来体验智慧,从他们身上,我看到了最伟大的情操,以及文章里最动人的素质。

我常说我是最幸福的人,这种幸福是因为我童年时代有好的双亲和家庭,我青少年时代有感情很好的兄弟姊妹;进入中年,有了好的妻子和好的朋友。我对自己的成长总抱着感恩之心,当然这里面最重要的基础是来自我的父亲和母亲,他们给了我一个乐观、关怀、良善、进取的人生观。

我能给他们的实在太少了,这也是我常深自忏悔的。有一次我读到《佛说父母恩重难报经》,佛陀这样说:

假使有人，为于爹娘，手持利刀，割其眼睛，献于如来，经百千劫，犹不能报父母深恩。

假使有人，为于爹娘，亦以利刀，割其心肝，血流遍地，不辞痛苦，经百千劫，犹不能报父母深恩。

假使有人，为于爹娘，百千刀戟，一时刺身，于自身中，左右出入，经百千劫，犹不能报父母深恩……

读到这里，不禁心如刀割，涕泣如雨。这一次回去看父亲的病，想到这本经书，在病床边强忍着要落下的泪，这些年来我是多么不孝，陪伴父亲的时间竟是这样的少。

母亲也是，有一位也在看护父亲的郑先生告诉我："要知道你父亲的病情，不必看你父亲就知道了，只要看你妈妈笑，就知道病情好转，看你妈妈流泪，就知道病情转坏，他们的感情真是好。"

为了看顾父亲，母亲在医院的走廊打地铺，几天几夜都没能睡个好觉。父亲生病以后，她甚至还没有走出医院大门一步，人瘦了一圈，一看到她的样子，我就心疼不已。

但愿，但愿，但愿父亲的病早日康复。以前我在田里工作的时候，看我不会农事，他会跑过来拍我的肩说："做农夫，要做第一流的农夫；想写文章，要写第一流的文章；要做人，要做第一等人。"然后觉得自己太严肃了，就说："如果要做流氓，也要做大尾的流氓呀！"然后父子两人相顾大笑，笑出了眼泪。

我多么怀念父亲那时的笑。

也期待再看父亲的笑。

## 唯心即是净土

在印度有一个古老的传说：

有一群聪明人，要去挖掘宝藏，根据他们的各种推论，宝藏应该是埋藏在无穷远大的山顶上的，至于在山上的什么地方，颇引起大家的争论。

他们正在议论的时候，一个单纯的农夫正好路过，好奇地停下来听他们的谈话，他听不懂那些聪明人谈话的内容，只听懂似乎在某一个地方埋着巨大的宝藏。

后来聪明人出发了，他们浩荡地走入无尽的远山，不管到任何一座山他们都要争论，因此，他们从未开始掘一块土，当然他们永远不可能挖到宝藏。

但是，那个贫穷的农夫，他既不知道理论上宝藏应该埋在深山，也不知道理论上挖宝藏应该考证，他就从那些聪明人争论宝藏时所站的那块土地掘下去，一天又一天地挖掘下去，终于找到了那一座大的宝藏。

从理论上说，那个农夫似是太单纯了，但这个印度寓言正在启示我们，单纯的实践的力量。就在我们这个社会上，现在到处充满了复杂的空论，许多在报纸上写婚姻疑难专栏的人，是从没有结过婚的；许多为民喉舌的代言人，背后有大资本家的支援；许多在议会中做道德质询的人，自己却经营色情的行业；许多事业看来成功的商人，却做着败德与潜逃的准备。

我们可以说是一个黑白两道混淆不清的社会，造成这种现状的原因正是缺乏一种单纯的实践的精神。

每个人都在梦想远方的宝藏，又没有人愿意从自己的内心掘起，反倒那些一步一步使自己过尊严生活的平凡人，被看成呆子，是不合时代的人。

有一次，我对一个孩子讲这个印度的古老传说，孩子听完后问说："他挖到那个宝藏不是很危险吗？迟早要被那些聪明人骗走的！"我听了以后感慨良深，如果连我们的孩子都有这样的忧虑，那么单纯的实践就更难了。

不过，对于能单纯实践的人，他的心就是净土，走到哪里，清净的门都为他开启；对于有复杂的空论的人，处处的大门都锁着，即使知道远山有宝藏也毫无用处。

能静心的人
眼睛就会优美
会看到一切都赏心悦目
而不会踉跄过街

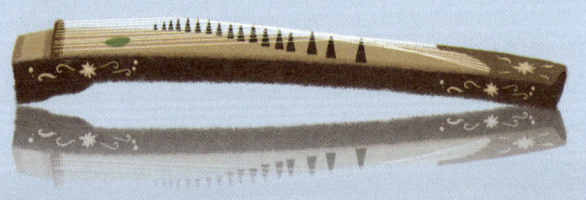

## 圣人的窗户

从前有一个圣人,深深感觉到欲望的可怕,于是弃绝尘世在深山修行。他在深山修行了几十年,自己宣称已经断绝了人间的一切情欲,因此,大家尊称他为"圣人"。

有一天,他带着弟子从山上到城市,在过街的时候突然看见一位美丽无匹的女人,美到无法用诗句来形容。

就在那一刻,圣人迷失了,他在心里升起了巨大的热情,像狂风暴雨一样的倾慕,像雷霆闪电一样的迷恋,他疯狂地想要离开弟子去追随那美丽的女人,他内心的情欲如火山般爆发了。

毕竟他还是一个圣人,在顷刻间,他察觉到自己火热的情欲,立刻收敛自己,带着弟子踉踉跄跄地过街了。

弟子看到老师的失态,内心升起了很大的疑惑。

圣人带弟子回到山上的茅屋,对弟子说:"成道之路是艰困的,如果有任何东西扰乱我们的成道，就要毁灭它。今天，我的眼睛害我差一点儿误入歧途，因此，我要摧毁它！"

当着弟子的面，圣人用双手把自己的眼睛挖出来。

眼睛怎么可能让我们误入歧途呢？

让我们误入歧途的是我们的心。

心和眼睛的关系就像房子和窗户，当我们倾慕、迷恋、执着时，重要的不是打破窗子或封闭窗子，而是要看清自己的迷乱，使自己看得更细腻、更清明。

就像我们走进一个花园，会看见许多不同的绿，一般人看到十几种绿就很了不起了，一个细腻的画家，却可能看出上百种不同的绿。

在同样的花园里，用心看，而不只用眼睛看，就能看出更细微、更深沉的美。

怎样才能不只用眼睛和欲望看世界呢？就是要留一只心眼赂内观照，观察自己的心、自己的意念、自己的想法。

能静心的人，眼睛就会优美，会看到一切都赏心悦目，而不会跟跄过街。

## 思想的天鹅

有时候我在想,人的思想究竟像什么呢?有没有一种具体形象的事物可以来形容我们的思想?

偶尔,我觉得思想像彩色的蝴蝶,在盛开的花园中采蜜,但取其味,不损色香。而这蝴蝶不能在我们预设的花园中飞翔,它随风翻转,停在一些我们不能考察的花丛中,甚至让我们觉得,那蝴蝶停下来时有如一枝花。

偶尔,我觉得思想犹如海洋,广度与深度都不可探测,在它涌动的时候,或者平缓如波浪,或者飞溅如海啸,或者反映蓝天与星光,只是,思想在某些时候会有莫名的力量,那像是鱼汛或暖流、黑潮从未知的北方来到,那可能就是被称为"灵感"的东西。

偶尔,我觉得思想像是《诗经》中说的"鸢飞戾天,鱼跃于渊"的鸢或是鱼,上及飞鸟下至渊鱼,无不充满了生命力,无不欢欣悦怡、德教明察。鸢鸟的眼睛是最锐利的，可以在一千米以上的高空，看见茂盛草原上奔跑的一只小鼠；鱼的眼睛则永远不闭，那是由于海中充满了凶险，要随时改变位置。

不过，蝴蝶的翅力太弱，生命也太短暂；而海洋则过于博大，不能主宰；鸢呢？鸢太过强猛，欠缺温柔的品质；鱼则过于惊慌，因本能而生活。

如果愿意给思想一个形象，我愿自己的思想像天鹅一样。天鹅的古名叫鹄，是吉祥的鸟，是"燕雀安知鸿鹄之志"中的那种两翼张开有六尺长的大鸟。它生长于酷寒的北方，能顺着一定的轨迹，越过高山大河到达南方的温暖之地。它既善于飞翔，也善于游泳；它性情温和，而意态优雅；它善知合群，能互相守望；它颜色分明，非白即黑；它能安于环境，不致过分执着……天鹅有许多好的品性，它的耐力、毅力与气质，都是令人倾倒的，芭蕾舞剧《天鹅湖》中，对情感至死不渝的天鹅，不知道让多少人为之动容。

我愿意自己的思想浩大如天鹅之越过长空，在动荡迁徙的道路上，不失去温和与优雅的气质。更要紧的是，天鹅是易于驯养的，使我不至于被思想牵动，而能主引自己的思想，让它在水草丰美的湖滨自在优游。

据说，驯养天鹅有两个方法：一个是把天鹅的一边翅膀修掉，使它失去平衡不能起飞，它就会安住于湖边；另一个方法是，把天鹅养在一个较小的池塘里。由于天鹅的起飞,必须先在水中滑翔一段路途,才能凌空而去,若池塘太小,它滑翔的路程太短就不能起飞了。从前,欧洲的动物园用前一种方法驯养天鹅,后来觉得残忍,并且天鹅展翅的时候丑陋,现在都用后面的方法。

驯养思想的天鹅似乎不必如此,而是确立一个水草丰美的湖泊作为天鹅的家乡,让它保持平衡的双翼(智慧与悲悯),也让它有广大的湖泊(清白的自性),然后就放心地让它展翅翱翔吧!只要我们知道天鹅是季候之鸟,不管它飞到哪里,它在心灵中永远不会忘记自己的家乡。经过数万里时空,在千灾万劫里流浪之后,有一天,它就会飞回它的家乡。

传说从前科举时代有一段时间,凡是到京城应试的士子都要穿"鹄袍",译成白话就是要穿"天鹅服",执事的人只要看见穿白袍的人就会肃然起敬。因为那些穿着白衣的年轻孩子,将来会有许多位至公卿,是不可轻视的。佛教把居士称为"白衣",称为"素",也是这个意思。

思想的天鹅也像是穿白袍的士子,纯洁、青春,充满了对将来的热望,在起飞的那一刻不能轻视,因为它会万里翱翔,主宰人的一生。

在我的清明之湖泊,有一只时常起飞的天鹅。我看它凌空而去,用敏锐的眼睛看着世界,心里充满对生命探索的无限热忱。我让那只

天鹅起飞,心里一点儿不操心,因为我知道天鹅有一个家乡,它的远途旅行只是偶然的栖息,它总会飞回来,并以一种优雅温柔的姿势,在湖中降落。

## 澈如水晶

从花莲回来，走苏花公路，到崇德隧道口附近，看到几个工人在排石板阶梯，他们专注的神情吸引了我，我便下车了。

一位工人用一种近乎悠闲的样子排石板梯，他完全不用水泥或任何黏接物，只是把造型都不同的石板沿山坡调整，让石板密实地铺在山坡上，并与下一个石板接合。

这看起来不甚费力的工作，事实上是蕴含了独运的匠心以及全副的精神。工人必须要完全了解每一块大小不同的石板和每一寸不同斜度的山坡才做得到。

不远处，就是海了，一层青、一层蓝、一层靛的，完全没有污染的海。

"这石阶可以通到海边吗？"怕惊扰了他的工作，我小声地问工人。

他正一分一分地挪着手上的石块，约三十秒钟后，他头也没抬地说:"往下走,转两次弯,就到海边了。"

我兴奋地沿石阶跳跃而下,心情欢愉得像一个孩子。我发现阶梯的两旁开满了牵牛花,比平常看到的还要硕大,是最美丽的浅紫色,色泽清丽,还带着今天清晨的露水。

到了海边,看到海岸的卵石美丽得不输给牵牛花,粒粒皆美,独一无二。一艘渔船正顺着波浪在海岸不远处载沉载浮。

我蹲下来捡石头。

我向来都喜欢海边的卵石,因为这些石头从来没有隐藏,也不故意显露,它只是在海岸如实呈现它的美与风采。它不怕人笑,也不排斥别人的掌声。

这石头、这海洋、这路边的牵牛花、这专心排石阶的工人,都如是如实地在演出自己,既没有隐藏,也没有显露。这样一想,使我震惊起来:呀!呀!原来我们身边最美的事物,无不如实、明白、澈如水晶。

只可惜这水晶映现的沛然万象,凡俗的眼睛都把它当玻璃来看待。

如果我们要看见这世界的美,则需要有一对水晶一样自然清澈的眼睛;如果我们要体会宇宙更深邃的意义,则需要一颗水晶一样清明、没有造作的心。

## 生活的回香

朋友来接我到基隆演讲,由于演讲时间定在下午一点,我们都来不及吃饭。

"我们到极乐寺吃饭吧!寺庙的饭菜最好吃、最卫生,师父也最亲切。"朋友说。

我说:"这样不好意思吧。"

朋友说:"不会,不会,我在极乐寺做义工很多年了,与师父们很熟。只要寺里的师父有事叫我,我都义不容辞,偶尔去叨扰一顿斋饭,不要紧的。何况帮我们开车的师兄也是寺里的长期义工呢!"

于是,朋友用行动电话通知寺里的知客师父:我们一共有三人,大约二十分钟到极乐寺,请师父准备素斋一席。

等我们到了极乐寺,热腾腾七道菜的素菜已经准备好了,我们没什么客套,坐下就吃。

佛光山派下寺院的素菜好吃是远近驰名的，那是因为星云大师对素菜很内行，典座师父也是个个巧手慧心。但是今天有一道菜还是令我大感意外，就是师父炒了一大盘茴香。

茴香是我在南部家乡常吃的菜，在我们乡下称之为"客家人的芫荽"，因为客家人喜以茴香做菜。自从到台北就再也没吃过茴香了，如今见到茴香的样子，闻到茴香的气味，竟有说不出的感动。

一般人都知道茴香的籽可以做香料、做卤味，却很少人知道茴香的叶子做菜，是人间至极的美味。茴香是多年生草本植物，可以长到与人等高。它的叶片巨大，散开呈丝状，就仿佛是空中爆开的烟火。

茴香从根、茎、叶、花到籽都有浓烈的香气，食用的时候采其嫩叶，或炒、或做汤、或沾面粉油炸成饼，都会令人吃过即永不能忘。

在寺庙吃饭，不事交谈，因此我独自细细品味茴香的滋味，好像回到了童年。每当母亲炒茴香的时候，茴香的香气就会从灶间飘过厅堂、飞过庭院、飞进我们写字的北边厢房。

童年的时光不再，茴香的气息也逐渐淡了，万万想不到在极乐寺偶然的午斋，还能吃到淡忘的童年之味。我曾经走入盛开着小黄花的茴香田里，对着那漫天飞舞的黄花绿叶，深深地呼吸，妄图把茴香的香气储存在胸臆。此刻，那储藏的香气整片被唤醒了。

生活不也是如此吗？我们所经验过的美好事物，其实都是永不失去的，只是被卷存典藏着，一旦打开了，就会在记忆中回香，从遥远不可知的角落飘回来。

我们生命里,早就种了许多"回香树",等待因缘的摘取吧。

我们没什么客套,吃完对师父合十致谢,就走了。

知客师父送我们到前廊,合掌道别说:"以后有什么需要,尽管到寺里来。"

在奔赴演讲场地的路上,我的心里有被熨平的感觉,不只是寺里的茴香菜产生的作用,那样清澈的人与人之间的情谊更使我动容。

其实,处处都有"回香树"。

## 悬崖边的树

我读初中的时候,成绩不好。由于对课外书及美术很热爱,我的初中生活一直过得迷迷糊糊,好像一转眼就升上初三了。

就在初三刚开始不久,父亲把我叫去,说:"像你这种成绩,我的脸都被你丢尽了。我看你初中毕业不要去高雄参加联考了,你去台南考。"

我当场怔在那里,因为在我居住的乡镇,所有的孩子都是参加高雄联考,去台南考试,无异就是放逐,连在乡镇里的旗美高中也不能考了。

不知道哪里来的勇气,我自己一个人跑到台南去考高中,发榜的时候发现考上一个从未听说过的高中——私立瀛海高中。

瀛海高中刚成立不久,是超迷你的学校,每一年级只有三个班,整个高中加起来只有三百多人。学校在盐分地带,几乎可以用"寸草不生"来形容,土地因为盐分过高,一片灰白色。学校独立于郊野,四面都是蔗田和稻田。

记得注册时是爸爸陪我去的。他看到那么简陋的校舍和荒凉的景色,大吃一惊,非常讶异地问我:"你怎么会考上这种学校?"

由于学生很少,大部分的学生都住校,我也开始了离家的生活。

住在学校认识了许多死党,加上无人管教,我的心就像鸟飞出笼子一样,几乎把所有的时间都用来读课外书、画画、写文章。每到假日,我就跑到台南市去看电影、逛书店。

我的高中生活大致是快乐的,除了功课以外。学校的功课日渐令我厌烦,赤字一天一天增加,到高一结束时,有一大半的功课都是补考才通过的。

这时,我暗暗地准备辍学或转学。当我把这想法告诉爸爸时,他气得好几天不和我说话。有一天他终于开口了:"你再读一学期,真的不行,再转回来吧!"

升上高二,我换了导师,是一位七十岁的老头,听说早年是北京大学毕业的,因为在省中退休,转到私校来教。他就是后来彻底改造我的王雨苍老师。

开学不久,他叫我去他家包饺子,然后告诉我:"你在报纸上的文章我看过,写得真不错。"这是第一位确定那些文章是我写的老师,以前的老师都以为只是同名同姓的人。

然后，王老师告诉我，他从事教育工作快五十年了，学生的素质他差不多一眼就可以看出来。他之所以退而不休，转到私立学校教书，不只是因为兴趣，也是为了寻找沧海遗珠。

　　吃完师母的饺子告辞的时候，王老师搂着我的肩膀说："你有什么想法，随时可以来找老师谈谈，林清玄，你不要自暴自弃呀！"我从未被老师如此感性地对待，当场就红了眼睛。

　　接下来就像变魔术一样，我把一部分的心力用在课业上，功课虽然不好，也还在及格边缘。

　　由于王老师的鼓励，我把大部分心力用在写作上，不仅作品陆续发表在报章杂志上，还连续两次得到全台南市中学作文比赛的第一名。这使我加强了对自己的信心，也更坚定日后的写作之路。

　　不管是写作文还是周记，或是发表在报上的文章，王雨苍老师总是仔细斟酌修改，与我热心讨论，使我在升学至上的压力中还有喘息的空间。渴望成为作家的梦想在我的高中生活中，犹如大海里的浮木，使我不致没顶，王老师则是和我一起坐在浮木上的人，并且帮我调整了浮木的方向。

　　在我高中肄业的时候，我不再对前途畏惧了，虽然大学的考试一直不顺利，但是我知道，我的写作不会再被动摇了。

　　一直到现在，我只要想起中学生活，王雨苍老师那高大的身影、红润的双颊就会在眼前浮现，想到他最常对我说的："你一定会成功的，不要自暴自弃呀！"

我不知道自己是不是王老师寻找的沧海遗珠，但我知道好老师正如同悬崖边的树，能挡住那些失足坠落的学生。

现在时空遥隔了，老师的魂魄已远，但我仿佛看到在最陡峭的悬崖边，还长着翠绿的大树。

人过了而立之年
如果是一株寒梅
是不是到开花结实的时候了呢

第二辑

待到百花
烂漫时

| | |
|---|---|
| 寒梅着花未 | 黄玫瑰的心 |
| 桃花心木 | 软枝阳桃 |
| 心田上的百合花 | 荷花的心 |
| 沉水香 | 宝蓝的花 |
| 紧抱生命之树 | |

## 寒梅着花未

终于过了三十岁的生日。那一天,我独自开车到台北近郊的八里乡去。

八里乡有一个临着海口的弯道,在冬日的雾气里美丽而古典。右边海的湛蓝在东北季风的吹袭下,浪花用力拍击着岩岸,发出崩天裂云的"哗哗"声;左边的山壁郁郁葱葱地长出各色花草。人在其中情绪十分复杂,山给我们的壮怀与海给我们的远志在抬眼眺望的时刻,交织成一幅充满梦想的视景。

八里的海湾是我常去的地方,那里几乎没有人迹,只偶尔呼啸而过几辆疾驰的货车,让人蓦地觉到人的脚迹真是无远弗届。这个地方在秋天的时候常常有孤鹰出入,在天空中缓缓盘旋,运气好的话会看到飞翔很久的鹰突然落脚在山顶的枝丫上,睁着巨眼遥望海口,顺着海势而去,也许可以看到尽处的蓝天吧!

渔船也是美的,它是生活与搏斗得来的美。从高处看,它顺着浪头在海中一起一落,一起一落,连渔民弯腰捕鱼的姿影都清晰可见。我是经常想到渔民辛苦的人,可是想到他们每天在波涛大浪中涌动的生活,应该也油然而兴起宇宙苍茫浩大的情思吧!

　　八里最美的还不是那个海湾,而是到八里的路上有一段种了许多杜鹃花,有红、白、紫,生得零乱错综,不像是人有意种上去的。杜鹃正好在山道的临沿,每次我路过时总是把车速放慢,看早春的杜鹃在空静的山中绽放。杜鹃是有色无香的花,可是不知道为什么,车子经过时会从车窗飘进来一阵淡淡的香气。原来,目见的美色也会刺激我们的嗅觉,好像三十年往事一幕幕浮现时,竟能嗅闻出当时的味道一般。

　　这一次我去八里,路经那一段杜鹃花道,杜鹃已经开得很盛,有许多刚凋谢的花铺在马路上,鲜新的颜色还未褪去。车子的风过,花魂就向两旁溅飞起来,到远一点儿的地方才落下,逝去的花有逝去的美,被惊起的花魂也像蝴蝶一样有特别的姿势。

　　长在枝上的杜鹃虽好看,但总觉得拥挤。它们抢着在春天来时开成枝头第一株,于是我们感觉杜鹃花不是一朵朵,而是一群群,等到它们落了散居在地面,才看清原来每一朵都有不同的面貌。

　　对我而言,往事也如是。

　　处在进行的时刻,很难把每一件事检点出来,看出它的前因后果,因为每一件往事都牵连着另一件,交织成一片未会消逝。等往事经过了,我随手一捞,竟像谢去的杜鹃,每一段都能整理出一个完整的面貌,有许多颜色还清新如昔。

我走在八里海边上,仰起头来散步,想起自己过去三十年的生命历程,有一种感觉,好像一篇已经印刷出版的文章——里面大部分是畅顺的,可是有许多地方分段分错了,还有许多地方逗点和句号摆错了,想修改重新来过,已经无能为力了。

快黄昏的时候,海上突然下起雨来。

我看着海面上的雨线一直向海岸逼近,才一晃眼,雨已经逼到身侧,愈下愈大。很快,我就被淋湿了,想起年少时代喜欢下雨,这时淋到雨竟有一些无可奈何的心境。

回程的时候,路过杜鹃花道,本来在路上的花魂被雨淋过,被车碾过,都成为五颜六色的尘泥,贴在地上。

我下了车,在微雨的黄昏中看那些花,不禁看得痴了。花儿有知,知道年年春天的兴谢,知道美丽的盛放后就是满地的尘泥,不晓得会有何感叹?

到家的时候已是黑夜了。妻子与朋友为我准备了生日盛宴,人声笑语正从院落中热闹地传出来,我看到院子里的梅花还开着,不觉心情一松——有谢了的花,总有新的花要开起。

然而,人过了而立之年,如果是一株寒梅,是不是到开花结实的时候了呢?

桃花心木

　　乡下老家前面，有一块非常大的空地，租给人家种桃花心木的树苗。

　　桃花心木是一种特别的树，树形优美，高大而笔直，从前老家林场种了许多，但打从我出生识物时，林场的桃花心木已是高达数丈的成林，所以当我看到桃花心木仅及膝盖的树苗，有点儿难以相信自己的眼睛。

　　种桃花心木苗的是一个个子很高的人，他弯腰种树的时候，感觉就像插秧一样，不同的是，这是旱地，不是水田。

　　树苗种下以后，他常来浇水。奇怪的是，他来得并没有规律，有时隔三天，有时隔五天，有时十几天才来一次；浇水的量也不一定，有时浇得多，有时浇得少。

　　我住在乡下时，天天都会在桃花心木苗旁的小路上散步，种树苗的人偶尔会来家里喝茶。他有时早上来,有时下午来,时间也不一定。

我越来越感到奇怪。

更奇怪的是,桃花心木苗有时莫名其妙地枯萎了。所以,他来的时候总会带几株树苗来补种。

我起先以为他太懒,隔那么久才给树浇水。

但是,懒人怎么知道有几棵树会枯萎呢?

后来我以为他太忙,才会做什么事都不按规律。

但是,忙人怎么可能做事那么从容呢?

我忍不住问他:到底应该什么时间来?多久浇一次水?桃花心木为什么无缘无故会枯萎?如果你每天来浇水,桃花心木苗应该不会这么容易就枯萎吧?

种树的人笑了,他说:"种树不是种菜或种稻子,种树是百年的基业,不像青菜几个星期就可以收成。所以,树木自己要学会在土地里找水源。我浇水只是模仿老天下雨,老天下雨是算不准的,它几天下一次?上午或下午?一次下多少?如果无法在这种不确定中汲水生长,树苗自然就枯萎了。但是,只要在不确定中找到水源、拼命扎根的树,长成百年的大树就不成问题了。"

种树的人语重心长地说:"如果我每天都来浇水,每天都定时浇一定的量,树苗就会养成依赖的心,根就会浮生在地表上,无法深入地底,一旦我停止浇水,树苗会枯萎得更多。幸而可以存活的树苗,遇到狂风暴雨,也是一吹就倒了。"

种树者言,使我非常感动,想到不只是树,人也是一样,在不确定中生活的人,比较经得起生活的考验。因为在不确定中,我们会养成独立自主的心,不会依赖。在不确定中,我们深化了对环境的感受与情感的觉知。在不确定中,我们学会把更少的养分转化为巨大的能量,努力生长。

生命的法则不可能那么固定、那么完美,因为固定和完美的法则,就会养成机械式的状态,机械式的状态正是通向枯萎、通向死亡之路。

当我听过种树的人关于种树的哲学,每天走过桃花心木苗时,内心总会有某些东西被触动,这些树苗正努力面对不确定的风雨,努力学习如何才能找到充足的水源,如何在阳光中呼吸,一旦它学会这些本事,百年的基业也就奠定了。

现在,窗前的桃花心木苗已经长得与屋顶等高,是那么优雅而自在,宣告着自主的生命。

种树的人不再来了,桃花心木也不会枯萎了。

在不确定中
我们深化了
对环境的感受与情感的觉知
在不确定中
我们学会把更少的养分
转化为巨大的能量
努力生长

## 心田上的百合花

在一个偏僻遥远的山谷里,有一个高达数千尺的断崖。不知道什么时候,断崖边上长出了一株小小的百合。

百合刚刚诞生的时候,长得和杂草一模一样。但是,它心里知道自己并不是一株野草。它的内心深处,有一个内在的纯洁的念头:"我是一株百合,不是一株野草。唯一能证明我是百合的方法,就是开出美丽的花朵。"

有了这个念头,百合努力地吸收水分和阳光,深深地扎根,直立地挺着小小的胸膛。终于在一个春天的早晨,百合的顶部结出了第一个花苞。

百合的心里很高兴,附近的杂草却都不屑,它们在私底下嘲笑着百合:"这家伙明明是一株草,偏偏说自己是一株花,还真以为自己是一株花,我看它顶上结的不是花苞,而是头脑长瘤了。"

公开的场合,它们则讥讽百合:"你不要做梦了,即使你真的会开花，在这荒郊野外，你的价值还不是跟我们一样？"

偶尔也有飞过的蜂蝶鸟雀，它们也会劝百合不用那么努力开花："在这断崖边上，纵然开出世界上最美的花，也不会有人来欣赏啊！"

百合说："我要开花，是因为我知道自己有美丽的花；我要开花，是为了完成作为一株花的庄严生命；我要开花，是由于自己喜欢以花来证明自己的存在。不管有没有人欣赏，不管你们怎么看我，我都要开花！"

众多不屑、讥讽鄙夷声里，野百合努力地释放着内心的能量。有一天，它终于开花了。它那灵性的洁白和秀挺的风姿，成为断崖上最美丽的风景。这时候，野草与蜂蝶，再也不敢嘲笑它了。百合花一朵朵地盛开着，它花上每天都有晶莹的水珠，野草们以为那是昨夜的露水，只有百合自己知道，那是极深沉的欢喜所结的泪珠。

年年春天，野百合努力地开花、结籽。它的种子随着风飘扬，落在山谷、草原和悬崖边上，到处都开满洁白的野百合。几十年后，远在千百里外的人，从城市、从乡村，千里迢迢赶来欣赏百合花。许多孩童跪下来，闻嗅百合花的芬芳；许多情侣互相拥抱，许下了"百年好合"的誓言；无数的人看到这从未有过的美，感动得落泪，触动内心那纯洁温柔的一角。后来，那里被人们称为"百合谷地"。

不管别人怎么欣赏、称赞，满山的百合都谨记着第一株百合的教导："我们要全心全意默默地开花，以花来证明自己的存在。"

我们要全心全意默默地开花
以花来证明自己的存在

## 沉水香

朋友从印度回来,送给我一块沉香木,外形如陡峭的山,颜色黑得像黑釉。有一种极素朴悠远的香,连绵不绝地从沉水香中渗出,飘流在空气里。

最特别的是,那沉香木非常沉重,远非一般的木石可比。

朋友说:"这是最上等的乌沉香,由于它的心很坚实,丢到水中会沉到水底,所以也叫沉水香。而且,它的香味是不断从内部散出来,永远也不会消失,这一块已经有几百年的历史,还是和它从前在森林里时一样的香呀!"

沉香能够供佛、能够静心、能够去除秽气,是大家都知道的。但是沉香作为佛法的象征,需要更深的感受,像有着坚实的心,像永远散放木质的芬芳,像沉定的心情,谦虚如同在水底一样。

沉香最动人的部分,是它的"沉",有沉静内敛的品质;也在它的"香",一旦成就,永不散失。

沉香不只是木头吧!也是一种启示,启示我们在浮动的、浮华的人世中,也要在内在保持着深沉的、永远不变的芳香。

浮世是水,俗木随欲望水波流荡,无所定止。

沉香是定石,在水中一样沉静,一样的香。

一个人内心如果有了沉香,便能不畏惧浮世。

## 紧抱生命之树

深情地抱住一棵树

感受树的生命

体会树的不凡

进入树的坚强

一旦化入树的整体

失去拥抱树的我

就会在树里

看见自己

在青岛的崂山,巧遇一棵茶花树。

茶花树的岁数已无从查考,听说至少有七八百岁。

只能以"伟大"、"非凡"来形容。这棵茶花树,高四层楼,花开数以万计，使得整个庭院，甚至整个天空，都是一片深红，美丽的深红。

所有的人为了看清整棵树，只好后退到墙边，仰望。

我走到茶花树下，近树干，轻轻地、景仰地紧抱茶花树。那当下，仿如触电，茶花树把数百年的心情传到我的身上，绕了一圈，又回到树上去。

茶花树无言，却告诉我生命的无常，因为它看尽了王朝的兴衰起落。

茶花树无语，却告诉我每一次的风雨，只要经得起考验，就会变得更强大。

茶花树不动，却告诉我追求美之必要，它的岁月都是在开最美的茶花，即使最无知、无感者，也会为一棵开万朵的茶花，有莫名的感动。

在崂山上，茶花树还算是个婴儿，有许多树是唐宋时代就有的，更有几棵从汉朝到现在的老树。

烧香祭拜了菩萨、憨山大师、道家的几位祖师之后，我一一去拜访老树，并深情地拥抱它们。在贴近老树之心的时刻，我感觉自己对一棵树的崇敬，并不会输给让人祭拜的神像。

尤其是汉朝的几棵树，我虽只是靠着树干，像是自己的眼睛已随树参天，几乎触及广大的蓝空，再俯视红尘。呀！这似飘风、似浮浪、似电光、似影子、似朝露、似眨眼的人世，在老树的眼中，有什么好争执、有什么放不下呢?

> 眼泪于我是风露，滋养了我。
> 
> 批评于我是风霜，成长了我。
> 
> 怨气于我是阳光，辉煌了我。

在南朝，或者北朝；在西汉，或者东汉；我已忘记是什么年代，我也曾数度被雷电击中，却繁茂了我，使我从一柱擎天化为百枝朝阳。

生命的苦难、风雨、考验，是必然、是无可遁逃。

因此，在逆境中学习一种转换心境的方法，是必要、是不能轻忽。

我从幼年时代就喜欢拥抱树木，在心情不佳、处境恶劣的时候，就会跑到离家不远的桃花心木林，拥抱那棵最高大的桃花心木。树的坚强与崇高就抚慰了我：安心吧！在你之前，有许多人心情比你更差；在你之前，也有许多人处境比你更坏；他们不都熬过来了吗？我见过很多很多人，你会度过的。

在城市里，周遭并没有大树，我种植了内心的大树，那棵树也是饱经风霜与考验的，但它有光明的态度、正向的思维、坚强的意志，只要我闭起眼睛、贴近大树，一切不如意，就云淡风轻了。

我拥抱山林的大树，因为它们看尽了人间繁华与凄凉，朝朝代代，使我们穿透了一时一地的困境。

我拥抱心灵的大树了,因为它经历了生命的暗淡或辉煌,岁岁年年,使我们超越了一朝一夕的迷思。

生命的树一旦真正长大,风雨就会变成掌声。

生命的树一旦真正确立,冰雪就会成为衬景。

生命的树一旦真正成熟,开花结果,只在弹指。

我想起许多年前,在黄山的万山之巅,靠在一棵老松的树干上,看着脚底的烟云风雾,内心感动莫名。这千年老松脚下竟无寸土,它是从石头缝中生成的。

脚下无寸土,却能屹立千年,不只青松如此,历史上伟大的修行人、思想家、创作者,哪一个不是从万仞岗那毫无寸土寸草的石头上生长起来的呢?

## 黄玫瑰的心

因为这绝望的爱情,我已经过了很长一段沮丧、疲倦、行尸走肉般的日子。

昨夜从矿坑灾变中采访回来,因痛惜生命的脆弱与无助,躺在床上不能入睡。清晨,当第一道阳光照入,我决定为那已经奄奄一息的爱情做最后的努力。我想,第一件该做的事情是到我常去的花店买一束玫瑰花,要鹅黄色的,因为我的女友最喜欢黄色的玫瑰。

刮好胡子,勉强拍拍自己的胸膛说:"振作起来。"想到昨天在矿坑灾变后那些沉默、哀伤但坚强的面孔,我出门了。

往市场的花店走去,想到在一起五年的女朋友,竟为了一个其貌不扬、既没有情趣又没有才气的人而离开,而我又为这样的女人去买玫瑰花,既心痛又心碎,既生气又悲哀得想流泪。

到了花店,一桶桶美艳的、生气昂扬的花正迎着朝阳开放。我找了半天，才找到放黄玫瑰的桶子，只剩下九朵，每一朵都垂头丧气。"真丧，人在倒霉的时候，想买的花都垂头丧气的。"我在心里咒骂。

"老板！"我粗声地问，"还有没有黄玫瑰？"

老先生从屋里走出来，和气地说："没有了，只剩下你看见的那几朵啦。"

"每朵的头都垂下来了，我怎么买？"

"喔，这个容易，你去市场里逛逛，半个小时后回来，我保证给你一束新鲜的、有精神的黄玫瑰。"老板赔着笑，很有信心地说。

"好吧。"我心里虽然不信，但想到说不定他要向别的花店去调，也就转进市场逛了。

心情沮丧时看见的市场简直是尸横遍野，那些被分解的动物尸体，使我更深刻地感受到了悲苦的世界。小贩的刀俎的声音，使我的心更烦乱。好不容易在市场里熬了半个小时，再转回花店时，老板已把一束元气淋漓的黄玫瑰用紫色的丝带包好了，放在玻璃柜上。

我不敢相信自己的眼睛，我说："这就是刚刚那一些黄玫瑰吗？"——它们垂头丧气的样子还映在我的眼前！

"是呀，就是刚刚那黄玫瑰。"老板还是笑眯眯地说。

"你是怎么做到的？刚刚明明已经谢了呀！"我听到自己发出惊奇的声音。

花店老板说："这非常简单，刚刚这些玫瑰不是凋谢，只是缺水，我把它整株泡在水里,才二十分钟,它们全又挺起胸膛了。"

"缺水?你不是把它插在水桶里吗?怎么可能缺水呢?"

"少年仔,玫瑰花整株都需要水呀,泡在水桶里是它的根茎,它喝水就好像人吃饭一样。但人不能光吃饭,人要用脑筋、有思想、有智慧,才能活得抬头挺胸。玫瑰花的花朵也需要水,但是剪下来后就很少人注意它的头也需要水了,只要整株泡在水里,很快就恢复精神了。"

我听了非常感动,愣在那里:呀!原来人要活得抬头挺胸,需要更多智慧,应当把干枯的头脑泡在冷静的智慧水里。

当我告辞的时候,老板拍拍我的肩膀说:"少年仔,要振作呀!"这句话差点使我流着泪走回家,原来他早就看清我是一朵即将枯萎的黄玫瑰。

回到家,我放了一缸水,把自己整个人泡在水里,体会着一朵黄玫瑰的心,起来后感觉通身舒泰,决定不把那束玫瑰送给离去的女友。

那一束黄玫瑰每天都会泡一下水,一星期以后才凋落花瓣,但却是抬头挺胸凋谢的。

这是在几十年前我写在笔记上的一个真实的事。从那一次以后,我知道了一些买回来的花朵垂头丧气的秘密。最近找到这一段笔记,感触和当时一样深,更确实地体会到,人只要用细腻的心去体会万象万法,到处都有启发的智慧。

一朵花里，就能看到宇宙的庄严，看到美，以及不屈服的意志。

有一位花贩告诉我，几乎是所有的白花都很香，愈是颜色艳丽的花愈是缺乏芬芳，他的结论是："人也是一样，愈朴素单纯的人，愈有内在的芳香。"

有一位花贩告诉我，夜来香其实白天也很香，但是很少闻得到，他的结论是："因为白天人的心太浮了，闻不到夜来香的香气，如果一个人白天的心也很静，就会发现夜来香、桂花、七里香，连酷热的中午也是香的。"

有一位花贩告诉我，清晨买莲花一定要挑那些盛开的，结论是："早上是莲花开放最好的时间，如果一朵莲花早上不开，可能中午和晚上都不会开了。我们看人也是一样，一个人在年轻的时候没有志气，中年或晚年是很难有志气的。"

有一位花贩告诉我，愈是昂贵的花愈容易凋谢，那是为了要向买花的人说明："要珍惜青春呀，因为青春是最名贵的花，最容易凋谢。"

有一位花贩告诉我……

让我们来体会这有情世界的一切展现吧！当我们有大觉的心，甚至体贴一朵黄玫瑰，以心印心，心心相印，我们就会知道，原来在最近、最平凡的一切里，就有最深、最奇绝的智慧！

当我们有大觉的心
甚至体贴一朵黄玫瑰
以心印心
心心相印
我们就会知道
原来在最近
最平凡的一切里
就有最深
最奇绝的智慧

## 软枝阳桃

在乡下的荒地看到两棵野生的阳桃树,是很好的软枝品种。

阳桃树也没有辜负它的好品种,结满了累累的果实。树枝因太重的负担,低垂着头。黄熟的阳桃落了一地,遍地都是金黄,蜜蜂与果蝇在阳桃树下飞舞。

这两棵野生阳桃树的盛产使我吃惊,因为既不使用农药,也不使用肥料,阳桃树竟可以如此高大,长出如此多的果实。更使我吃惊的是,这么美好的阳桃,竟然没有人采收,也没有人愿意吃,任其凋落一地。

是不是这阳桃不好吃呢,为何没有人吃?

当我站在阳桃树下一看,就懂了。

由于未使用肥料,这阳桃比一般的阳桃瘦小,不像市场里那硕大的阳桃。

由于未使用农药,阳桃的表面多少有虫鸟咬吃的痕迹,几乎没有一个是完整的。

现代人吃惯了以肥料培育、用农药保护的水果,对这貌不起眼、有一点瑕疵的水果,当然是不屑一顾了。

我想起一位种水果的明堂表哥,他曾对我说:"我们人自以为聪明,其实比鸟雀还笨,甚至比虫还笨。那些没有喷农药的水果,外表虽然丑一点儿,虫鸟都爱吃;那些喷了农药的水果,外表虽美,虫鸟都不会吃,知道吃了也不健康。人只注意外表的美丑,虫和鸟却看到了更深的内在啊!"

明堂表哥种的水果都不用农药,在水果结实的时候,他用塑料袋一粒一粒地包起来。而在每一个果园里,他总会留下一棵树给虫鸟吃。他常说:"虫鸟真是聪明呀!它们都会从熟的开始吃,所以整年水果不会断。它们吃饱就走了,不像一些偷水果的人,连生熟都分不清。"

我采了两大袋的软枝阳桃回家,洗干净,把虫鸟咬过的部分削去,切成丁,端出来请大家吃。

家人吃了都大为惊叹:这么美味的阳桃真是少见呀!

确实,由于没有农药与化肥的污染,阳桃的生长较为缓慢,使那软枝阳桃比市场的阳桃更坚实甜脆,滋味更为深长。

边吃阳桃,我边想起明堂表哥说的:"虫鸟比人还聪明。"这是人的短视近利所造成的。当整个社会的人都只重视表面的好看,忽视内在的毒素之时,真正清净的生活是不可能实现的。

## 荷花的心

偶尔会到植物园看荷花,如果是白天,赏荷的人总是把荷花池围得非常拥挤,深怕荷花立即就要谢去。

还有一些人到荷花池畔来写生,有的用画笔,有的用相机,希望能找到自己心目中最美丽的一角,留下一个不会磨灭的影像,在荷花谢去之后,能回忆池畔夏日。

有一次遇见一群摄影协会的摄影爱好者,到了荷花池畔,训话一番,就地解散,然后我看见了胸前都背着几部相机的摄影爱好者,如着魔一般地对准池中的荷花猛按快门,有时还会传来一声吆喝,原来有一位摄影者发现一个好的角度,呼唤同伴来观看。霎时,十几位摄影的人全集中在那个角度,大雷雨一样地按下快门。

约莫半小时的时间,领队吹了一声哨子,摄影者才纷纷收起相机集合,每个人都对刚才的荷花摄影感到十分满意,脸上挂着微笑,移师到他们的下一站，再用镜头去侵蚀风景。

这时我吃惊地发现，池中的荷花如同经历一场噩梦，从噩梦中活转过来。就在刚才摄影者吵闹俗恶的摄影之时，荷花垂头低眉沉默不语地抗议，当摄影者离开后，荷花抬起头来，互相对话——谁说植物是无知无感的呢？如果我们能以微细的心去体会，就会知道植物的欢喜或忧伤。

真是这样的，白天人多的时候，我感到荷花的生命之美受到了抑制，噪乱的人声使它们沉默了。一到夜晚，尤其是深夜，大部分人都走光，只留下三两对情侣，这时独自静静地坐在荷花池畔，就能听见众荷从沉寂的夜中喧哗起来，使一个无人的荷花池，比有人的荷花池还要热闹。

尤其是几处开着睡莲的地方，白日舒放的花颜，因为游客的吵闹累着了，纷纷闭上眼睛，轻轻睡去。睡着的睡莲比未睡的仿佛还要安静，包含着一些没有人理解的寂寞。

在睡莲池边、在荷花池畔，不论白日黑夜都有情侣在谈心，他们是以赏荷为名来互相欣赏对方心里的荷花开放。有时我看见了，情侣自己的心里就开着一个荷花池，在温柔时沉静，在激情时喧哗，始知道，荷花是开在池中，也开在心里。如果看见情侣在池畔争吵，就让人感觉他们的荷花已经开到秋天，即将留得残荷听雨声了。

夏天荷花盛开时，是美的。荷花未开时，何尝不美呢？因为所有的落叶还带着嫩稚的青春。秋季的荷花，在落雨的风中，回忆自己一季的辉煌，也有沉静的美。到冬天的时候已经没有荷花，还看不看得见美呢？当然！冬天的冷肃让我们有期待的心，期待使我们处在空茫中有可能见到未来之美。

一切都是美的，多好！

最真实的是，不管如何开谢，我们总知道开谢的是同一池荷。

看荷花开谢，看荷畔的人，我总会想起禅宗的一则公案，有一位禅者来问智门禅师："莲花未出水时如何？"

智门说："莲花。"

禅者又问："出水后如何？"

智门说："荷叶。"

如果找到荷花真实的心，荷花开不开又有什么要紧？我们找到自己心中的那一池荷花，比会欣赏外面的荷花重要得多。

在无风的午后，在落霞的黄昏，在云深不知处，在树密波澄的林间，乃至在十字街头的破布鞋里，我们都可以找到荷花的心。同样的，如果我们无知，即使终日赏荷，也会失去荷花之心。

这就是当我们能反观到明净的自性，就能"竹密无妨水过，山高不碍云飞"，就能在山高的林间，听微风吹动幽微的松树，远听、近闻，都是那样的好。

如果找到荷花真实的心
荷花开不开又有什么要紧
我们找到自己心中的那一池荷花
比会欣赏外面的荷花重要得多

## 宝蓝的花

在南部乡间，看见萝卜田里留下来做种的萝卜，开出一片宝蓝色的花，不，应该说是一片宝蓝色的花海。

从前在乡下看过的萝卜花都是白色，而且开在一小畦菜圃。如今，看到宝蓝色的萝卜花，又是一望无际，心情为之震慑不已，那蓝色的萝卜花，花形有如蝴蝶，随风翻飞，蓝得像是天空或是大海。

我走入萝卜田里，屏住呼吸，感觉自己快要被一片宝蓝色融化了，这时，看见几只嫩黄色的蝴蝶正在蓝花上飞舞、采蜜，使我有一种天鹅飞翔于蓝天的想象。

呀！这世界的美丽或幸福，不是世界给我们的，而是我们的心和世界清澈的相映。

不只我们的心在寻求世间的美，世间的美也澎湃地撞击我们的心。唯有寻求美的心和真正的美相撞击，我们才会在平凡的萝卜花上，看见蓝宝石、天空与大海的光辉呀！

这世界的美丽或幸福
不是世界给我们的
而是我们的心和世界清澈的相映

在我们不可把捉的尘世的运命中
我们不要管无情的背弃
我们不要管苦痛的创痕
只有维持一瓣香
在长夜的孤灯下
可以从陋室里的胸中散发出来
也就够了

# 第三辑

## 维持心内一瓣香

| | |
|---|---|
| 生平一瓣香 | 人格者 |
| 归彼大荒 | 食家笔记 |
| 一生从容 | 坚持之味 |
| 记忆的版图 | 让开心成为一种习惯 |
| 玫瑰奇迹 | 生命的化妆 |
| 寻找完美的老人 | 木瓜树的选择 |

## 生平一瓣香

你提到我们少年时代,常坐在淡水河口看夕阳斜落,然后月亮自水面冉冉上升的景况。你说:"我们常边饮酒边赋歌,边看月亮从水面浮起,把月光与月影投射在河上,水的波浪常把月色拉长又挤扁。当时只是觉得有趣,甚至痴迷得醉了。没想到去国多年,有一次在密西西比河水中观月,与我们的年少时光相叠。故国山川如水中之月、镜中之花,挤扁又拉长,最后连年轻的岁月也成为镜花水月了。"

这许多感怀,使你在密西西比河畔动容落泪,我读了以后也是心有戚戚。才是一转眼间,我们竟已度过几次爱情的水月镜花,也度过不少挤扁又拉长的人世浮嚣了。

还记否?

当年我们在木栅的小木屋里临墙赋诗,我的木屋四壁萧然,写满了朋友们题的字句,而门上匾额写的是一首《困龙吟》。

有一次夜深了,我在小灯下读钱钟书的《谈艺录》,窗外月光正照在小湖上,远听蛙鸣,我把书里的两段话用毛笔写在墙上:

水月镜花,固可见而不可提,然必有此水而后月可印潭,有此镜而后花可映面。

水与镜也,兴象风神;月与花也,必水澄镜朗,然后花月宛然。

那时我相当穷困,住在两坪大的只有一个书桌的小屋中。我所有的财产是满屋的书以及爱情,可是我是富足的。我推开窗子,一棵大榕树面窗而立,树下是植满了荷花的小湖,附近人家是那么亲善。有时候,我为了送女友一串风铃到处告贷,以书果腹,你带酒和琴来,看到我的窘状,在我的门口写下两句话:"月缺不改光,剑折不改刚。"

我在醉酒之后也高歌:"我醉欲眠君且去,明朝有意抱琴来。"那时的我们,似乎穷到只要有一杯酒、一卷书,就满足地觉得江山有待了。后来我还在穷得付不出房租的时候,跳窗离开了那个小屋。

前些日子我路过那里,顺道转去看那一间我连一个月三百元的房租都缴不起的木屋。木屋变成了一幢高楼,大榕树魂魄不在,小湖也被盖了公寓。

我站在那里怅望良久,竟然忘了自己身在何方,真像京戏《游园惊梦》里的人。

我于是想到，世事一场大梦，书香、酒魄、年轻的爱与梦想都离得远了，真的是"镜花水月一场"，空留去思。可是重要的是一种响应。如果那镜清明，花即使谢了，也曾清楚地映照过；如果那水澄朗，月即使沉落了，也曾明白地留下波光。水与镜似乎都是永恒的事物，明显如胸中的块垒，那么，花与月虽有开谢升沉，都是一种可贵的步迹。

我们都知道"击石取火"是祖先的故事，本来是两个没有生命的石头，一碰撞却生出火来，因为石中本来就有火种——再冷酷的事物也有它感性的一面。不断的敲击就有不断的火光，得火实在不难，难的是，得了火后怎么使那微小的火种得以不灭。镜与花，水与月，本来也不相干，然而它们一相遇就生出短暂的美。

我们怎样才能使那美得以永存呢？

只好靠我们的心了。

就在我正写信给你的时候，突然浮起两句古诗："笼中剪羽，仰看百鸟之翔；侧畔沉舟，坐阅千帆之过。"

爱与生的美和苦恼不就是这样吗？

岁月的百鸟一只一只地从窗前飞过，生命的千帆一艘一艘地从眼中航去——许多飞航得远了，还有许多正从那些不可测知的角落里飞航过来。

记得你初到康涅狄克不久，曾经因为想喝一碗羼柠檬水的爱玉冰不可得而泪下，曾经为了在朋友处听到《雨夜花》的歌声而胸中翻滚。

说穿了,那也是一种回应,一种掺和了乡愁和少年情怀的回应。

我知道,我再也不可能回到小木屋去住了,我更知道,我们都再也回不到小木屋那种充满了精纯的真情的岁月了。

这时节,我们要把握的便不再是花与月,而是水与镜,只要保有清澄朗净的水镜之心,我们还会再有新开的花和初升的月亮。

有一首词我是背得烂熟了,是陈与义的《临江仙》:

忆昔午桥桥上饮,座中尽是豪英。长沟流月去无声。杏花疏影里,吹笛到天明。

二十余年成一梦,此身虽在堪惊。闲登小阁眺新晴。古今多少事,渔唱起三更。

我一直觉得,在我们不可把捉的尘世的运命中,我们不要管无情的背弃,我们不要管苦痛的创痕,只有维持一瓣香,在长夜的孤灯下,可以从陋室里的胸中散发出来,也就够了。

连石头都可以撞出火来,其他的还有什么可畏惧呢?

我们怎样才能使那美得以永存呢
只好靠我们的心了

## 归彼大荒

每年总要读一次《红楼梦》,最感动我的不是宝玉和众美女间的风流韵事,而是宝玉出家后在雪地里拜别父亲贾政的一段:

那天乍寒下雪,泊在一个清静去处,贾政打发众人上岸投帖,辞谢朋友,总说即刻开船,都不敢劳动,船上只留一个小厮侍候,自己在船中写家书,先打发人起岸到家,写到宝玉事,便停笔,抬头忽见船头上微微的雪影里面一个人,光着头,赤着脚,身上披着一领大红猩猩毡的斗篷,向贾政倒身下拜,贾政尚未认清,急忙出船,欲待扶住问他是谁,那人已拜了四拜,站起来打了个问讯,贾政才要还揖,迎面一看,不是别人,却是宝玉,贾政吃一大惊,忙问道:"可是宝玉吗?"那人只不言语,似喜似悲,贾政问道:"你若是宝玉,如何这样打扮,跑到这里来?"宝玉未及答言,只见船头上来了两人——一僧一道——夹住宝玉道:"俗缘已毕,还不快走!"说着,三个人

飘然登岸而去。贾政不顾地滑,急忙来赶,见那三人在前,哪里赶得上,只听得他们三人口中不知是哪个作歌曰:

"我所居兮,青梗之峰;我所游兮,鸿濛太空,谁与我逝兮,吾谁与从?渺渺茫茫兮,归彼大荒!"

读到这一段,给我的感觉不是伤感,而是美,那种感觉就像是读《史记》读到荆轲着白衣度易水去刺秦王一样,充满了色彩。试想,一个富贵人家的公子看破了世情,光头赤足着红斗篷站在雪地上拜别父亲,是何等的美!因此我常觉得《红楼梦》的续作者高鹗,文采虽不及曹雪芹,但写到林黛玉的死和贾宝玉的逃亡,文章之美,实不下于雪芹。

贾宝玉原是女娲在炼石补天时,在大荒山无稽崖炼成的三万六千五百零一块的顽石之一,没想到女娲只用三万六千五百块补天,余下的一块就丢在青梗峰下,后来降世为人,就是贾宝玉。他在荣国府大观园中看遍了现实世界的种种栓结,最后丢下一切世俗生活,飘然而去。宝玉的出家是他走出八股科考会场的第二天,用考中的举人作为还报父母恩情的礼物,还留下一个腹中的孩子,走向了自我解脱之路。

我每读到宝玉出家这一段,就忍不住掩卷叹息,这段故事也使我想起中国神话里有名的顽童哪吒,他割肉还母,剖骨还父,然后化成一道精灵,身穿红肚兜,脚踏风火轮,一程一程地向远处飘去,那样的画面不仅是美,可以说是至庄至严了。《金刚经》里最精彩的一段文字是"若以色见我,以音声求我,是人行邪道,不能见如来",我觉得这"色"乃是人的一副皮囊,这"音声"则是日日的求告,都是有生灭的,是尘世里的外观,讲到"见如来",则非飘然而去了断一切尘缘不能至。

何以故?《金刚经》自己给了注解:"如来,若来若去,若坐若卧。""如来者,无所从来,亦无所去,故名如来。"我常想,来固非来,去也非去,是一种多么高远的境界呢?我也常想,贾宝玉光头赤足披红斗篷时,脱下他的斗篷,里面一定是裸着身的,这块充满大气的灵石,用红斗篷把曾经陷溺的贪嗔痴爱隔在雪地之外,而跳出了污泥一般的尘网。

贾宝玉的出家如果比较释迦牟尼的出家,其中是有一些相同的。释迦原是中印度迦毗罗国的王子,生长在皇室里歌舞管弦之中,享受着人间普认的快乐,但是他在生了一子以后,选个夜深人静的时候,私自出宫,乘马车走向了从未去过的荒野,那年他只有十九岁(与贾宝玉的年纪相仿)。

想到释迦着锦衣走向荒野,和贾宝玉立在雪地中的情景,套用《红楼梦》的一句用语:"人在灯下不禁痴了。"

历来谈到宝玉出家的人,都论作他对现世的全归幻灭,精神在人间崩解;而历来论释迦求道的人,都说是他看透了人间的生老病死,要求无上的解脱。我的看法不同,我觉得那是一种美,是以人的本真走向一个遥远的、不可知的,千山万叠的风景里去。

贾宝玉是虚构的人物，释迦是真有其人，但这都无妨他们的性灵之美，我想到今天我们不能全然地欣赏许多出家的人，并不是他们的心不诚，而是他们的姿势不美；他们多是现实生活里的失败者，在挫折不能解决时出家，而不是成功地、断然地斩掉人间的荣华富贵，在境界上大大地逊了一筹。

我是每到一个地方，都爱去看当地的寺庙，因为一个寺庙的建筑最能表现当地的精神面貌，有许多寺庙里都有出家修道的人，这些人有时候让我感动，有时候让我厌烦，后来我思想起来，那纯粹是一种感觉，是把修道者当成"人"的层次来看，确实有些人让我想起释迦，或者贾宝玉。

有一次，我到新加坡的印度庙去，那是下午五点的时候，他们正在祭拜太阳神，鼓和喇叭吹奏出缠绵悠长的印度音乐，里面的每一位都是赤足赤身又围一条白裙的苦行僧，上半身被炙热的太阳烤成深褐色。

我看见，在满布灰鸽的泥沙地上，有一位老者，全身乌黑、满头银发、骨瘦如柴，正面朝着阳光双手合十，伏身拜倒在地上，当他抬起头时，我看到他的两眼射出钻石一样耀目的光芒，这时令我想起释迦牟尼在大苦林的修行。

还有一次我住在大岗山超峰寺读书，遇见一位眉目娟好的少年和尚，每个星期日，他的父母开着宾士轿车来看他，终日苦劝也不能挽回他出家的决心,当宾士汽车往山下开去,穿着米灰色袈裟的少年就站在林木掩映的山上念经,目送汽车远去。我一直问他为何出家,他只是面露微笑,沉默不语,使我想起贾宝玉——原来在这世上,女娲补天剩下的顽石还真是不少。

这荒野中的出家人,是一种人世里难以见到的美,不管是在狂欢或者悲悯,我敬爱他们;使我深信,不管在多空茫的荒野里,也有精致的心灵。而我也深信,每个人心中都有一颗灵石,差别只是,能不能让它放光。

一生从容

当今之世，
人要活下去，
也是不容易的。
能有点儿文学艺术修养，
才能活得从容些。
　　　　——台静农

在国父纪念馆，每逢假日，总有许多青少年溜直排滑轮，还有一些教练免费指导。

我喜欢看人溜直排滑轮，因为它充满了力、美与速度，如果再年轻几岁，我也想来学溜滑轮。

散步的时候，只要路过国父纪念馆，都会转进去看人溜滑轮，我最喜欢在入口的地方,看教练教导初学滑轮的人。

教练的开场白经常是:"溜滑轮最重要的是要先学会跌倒,如果我们懂得跌倒而不受伤,就不会害怕跌倒,学会溜滑轮就很快了。溜滑轮和骑自行车一样,一定会跌倒,不跌倒是不可能学会的。"

教练开始示范,高速跌倒时要如何翻滚,撞到东西时要如何闪避,失去平衡时要先保护重要部位……

看着教练在那里不断地跌倒,我忍不住想:"跌倒的学问可真大呀!"

接着,换学员练习跌倒,他们一个个穿戴整齐,有多种安全保护,头盔、护膝、护腕等,很像外星来的兵团在练习作战。

"一二三,扑倒!"

"一二三,前滚翻!"

"一二三,侧滚翻!"

"一二三,相撞!"

听着教练的指挥,学员不断地练习,看来非常有趣。学跌倒学得差不多了,教练问:"还怕跌倒的,请举手!"

没有人举手。

"现在,可以自由带开,去溜滑轮了。"教练宣布。

一群人于是往空旷的广场溜去,仿佛射出去的箭。

每次,看人学跌倒,总使我深有感触,想到在实际的人生中,从

我不是那么烦恼
也不是那么在意
我不会那么执着
也不会那么僵化
我不想那么缓慢
也不想那么着急
我不爱那么虚无
也不爱那么现实

来没有人教我们怎么去跌倒，也从未有人在一开始就告诉我们："你的感情会跌倒！你的学业会跌倒！你的事业会跌倒！你的人际关系会跌倒！因为人生和溜滑轮一样，一定会跌倒，不跌倒就不叫作人生！"

由于没有学过跌倒，在每一次跌倒时总是伤得很重，甚至个性比较刚烈的、比较要求完美的人，一跌倒就完了、绝望了、万念俱灰了。

当我们看到有些人为了极轻微的跌倒，就自伤、自残、自戕、自杀，做出比实际跌倒更严重百倍的自我凌虐时，内心总有深深的同情，在同情的时候又忍不住会问：为什么没有人教我们跌倒，为什么我们在成长的过程中没有学过跌倒？

我们总是告诉孩子："不要深陷感情的泥沼！"

却很少告诉孩子："在感情受伤时，正是显现风格的最好时机，要尊重别人的选择，要善待自己。"

我们总是说："要尽一切可能地追求成功！"

却很少说："在追求成功的路途上，要给自己留空间，给别人留余地！"

我们总是说："往前冲，什么都不用怕！"

却很少在往前冲时戴头盔、护膝、护腕，做好保护措施，并预先演练跌倒。

人生里的跌倒与失败，几乎是必然的，跌倒的价值是使人坚强，失败的意义则是让我们更珍惜人生。一个人如果学会跌倒、学会认识失败，等于是学会人生的一半了。

不怕跌倒、不畏失败，就能生起一些从容。

从容，是老天送给内心有空间的人最好的礼物。

当我沿街散步，看到美丽的街景，总会停步；看到动人的情景，也会驻足；随情随性地穿街过巷，然后回头看到人潮与车流，向不可知的地方奔赴，我总庆幸自己是个作家，有一些内在空间，有一点儿从容。

对我来说，写作就是希望的请帖，我只要每天拿这张请帖，就能立即抵达繁花似锦的彼岸。

对我来说，写作就是美好的安慰，我只要每天有新的思维，就能很快发现失败和跌跤的意义。

我不是那么烦恼，也不是那么在意！

我不会那么执着，也不会那么僵化！

我不想那么缓慢，也不想那么着急！

我不爱那么虚无，也不爱那么现实！

我已穿了文学的轮鞋，也跌倒过数回，我还会自由地去溜滑轮，比起昔年，我已学会了从容。

## 记忆的版图

一位长辈到大陆探亲回来,说到他在家乡遇到兄弟,相对地坐了半天还不敢相认,因为已经一丝一毫都认不出来了。

在他的记忆里,哥哥弟弟都还是剃着光头,蹲在庭前玩泥巴的样子,这是他离开家乡时的影像,经过四十年还清晰一如昨日。经过时间空间的阻隔,记忆如新,反而真实的人物是那样陌生,找不到与记忆的一丝重叠之处。

更使他惊诧的是,他住过的三合院完全不见了,家前的路不见了,甚至家后面的山铲平了,家前的海也已退到了远方。

他说:"我哥哥指着我们站立的地方,说那是我们从前的家,我环顾四周竟流下泪来,如果不是有亲人告诉我,只有我自己站在那里的话,完全认不出来那是我从童年到少年,住过十七年的地方。"

这使他迷茫了,从前的记忆是真实的,眼前的现实也是真实的,但在时间空间中流过时，两者却都模糊，成为两个毫不相连的梦境。在此地时，回观彼处是梦，在彼地时，思及此处也是梦了。到最后，反而是记忆中的版图最真实，虽然记忆中的情景已然彻底消失了。

这位长辈回来后怅惘了很久，认为是"四十年来家国，三千里地山河"的缘故，才让他难以跳接起记忆中沦落的事物，其实不然，有时不必走得太远，不必经过太久的时光，我们也可以感受到这种怅惘。

我有一个朋友，他每次坐在台北松江路六福客栈的咖啡厅时，总会指着咖啡厅的地板，说："你们相不相信，这一块是我小时候卧室的所在，我就睡在这个地方，打开窗户就是稻田，白天可以听到蝉声，夜里可以听到青蛙唱歌，这想起来就像是梦一样了。"那梦还不太远，但时空转换，梦却碎得很快。

记忆的版图在我们的心中是真实的，它就如同照相机拍下的静照，这里有我走过的一条路，爬过的一座山；那里有我游过泳、捞过虾的河流；还有我年幼天真值得缅怀的身影。这版图一经确定，有如照相纸在定影液中定影，再也无法改变，于是，当我们越过时空，发现版图改变了，心里就仿佛受到伤害，甚至对时间空间都感到遗憾与酸楚。

两相对照之下，我们往往否定了现在的真实，因为记忆的版图经过洗涤、美化，像雨雾中的玫瑰，美丽无方，丑陋的现实世界如何可以比拟呢？

其实，在记忆中的事物原来可能不是那么美好的，当时比现在流离、颠沛、贫困，甚至面临了逃难的骨肉离散的苦厄，但由于距离，觉得也可以承受了。现在的真实也不一定丑陋，只是改变了，而我们竟无法承担这种改变。

最近我和朋友在黄昏时走过大汉溪畔，他感慨地说："我从前时常陪伴母亲到溪畔洗衣，那里的大汉溪还清澈见底，鱼虾满布，现在却变成了这样子，真是不可想象的。到现在我还时常恍惚听见母亲捣衣的声音。"朋友言下之意，是当年在大汉溪畔的岁月，包括溪水、远山、母亲的背景、捣衣的杵声，都是非常美丽的。其中有一个最重要的原因，就是他已失去了母亲，没有母亲的大汉溪失去了昔日之美。

我对朋友说："其实，你抬起头来，暂时隐藏你的记忆，你会看见大汉溪还是非常美的，夕阳、彩霞、水草、卵石、鸭群，还有偶尔飞来的白鹭鸶，无一不美。"

朋友听了沉默不语，我问说："如果你的母亲还在，你希望她继续来溪边捣衣，还是在家里用洗衣机洗衣服？"

朋友笑了。

是的，记忆是记忆，现实是现实，以记忆来判断现实，或以现实来观察记忆，都容易令我们陷入无谓的感伤。

如何才能打破我们心中记忆与现实间的那条界限呢？在我们这一代或上一代，所谓记忆的版图最优美的一段，是农业时代那种舒缓、简单、平静、纯朴、依靠劳力的田园；而我们下一代记忆的版图或我们当下的现实却是急促、复杂、转动、花俏、依靠机械科学生活的城乡。如果我们是现代鬼，就会否定昔日生活的意义；如果我们是怀旧的人，就会否认现代生活之美。这必然使我们的成长变为对立、二元、矛盾、抗争的线。

其实，不一定要如此决然，我想起日本近代的禅学大师铃木大拙，有一次一位沉醉于东方禅学的瑞士籍教授千里迢迢来拜望他，这位瑞士教授提出自己对东方西方分别的见解，他说："使人走向幸福之路的方法有二：一是改变外在的环境，例如热得不堪时，西方人用冷气降低温度。另一方法是改变内部的自己，例如热得不堪时，禅者灭去心头火而得到清凉。前者是西方发达的科学、技术的方法，后者是东方，尤其是禅所代表的、主体的方法。"

这位教授说得真好，并以之就教于铃木大拙。铃木的回答更好，他说，禅并非是与科学对立的主观精神，发明冷气机的自觉中就有禅的存在，禅不只是东方过去文化的财产，而是要在现代里生存着、活动着、自觉着的东西，此所以禅不违背科学，而是合乎科学、包容科学、超越科学的。制造更多、更普遍的冷气机，使人人清凉的科学行为中就有禅的存在。

从这个故事里，我们知道主张空明的禅并非虚无，而是应该涵容时空变迁中一切现实的景况，在两千多年前，禅心固已存在，推到更远的时空中，禅心何尝不在呢？纵使在科技最前卫的时代，一切为人类生活前景而创造的行为中,禅又何尝不在呢?如果要把禅心从科技、方法中独存抽离出来,禅又如何活生生地来救济这个时代的心灵呢?所以说,在燠热难忍的暑天,汗流满地地坐禅固然表现了禅者清凉的风格,若能在空气调节的凉爽屋内坐禅,何尝不能得到开悟的经验呢?

禅心里没有断灭相,在真实的生活中、实际人生的历程中也没有断灭。记忆,乃是从前的现实;现在,则是未来的记忆。一个人若未能以自然的观点来看记忆的推移、版图的改变,就无法坦然无碍面对当下的生活。

我们在生命中所经验的一切,无非都是一些形式的展现,过去我们面对的形式与目前所面对的形式容有差异,我们真实的自我并未改变,农村时代在农田中播种耕耘的少年的我,科技时代在冷气房中办公的中年之我,还是同一个我。

学禅的人有参公案的方法,公案是在开发禅者的悟,使其契入禅心。我觉得对参禅的人最简易的方法,就是把自己当成公案,一个人若能把自己的矛盾彻底地统一起来,使其和谐、单纯、柔软、清明,使自己的言行一致,有纯一的绝对性,必然会有开悟的时机。人的矛盾来自身、口、意的无法纯一,尤其是意念,在时空的变迁与形式的幻化里,我们的意念纷纭,过去的忧伤喜乐早已不在,我们却因记忆的版图仍随之忧伤喜乐,我们时常堕落于形式中,无法使自己成为自己,就找不到自由的入口了。

我喜欢一则《传灯录》的公案：

有一位修行僧去问玄沙师备禅师：

"我是新来的人，什么都不知道，请开示悟入之道。"

禅师沉默地谛听了一阵，反问：

"你能听到河水的声音吗？"

"能听到。"

"那就是你的入处，从那里进入吧！"

在《碧岩录》里也有一则相似的公案：

窗外下着雨的时候，镜清禅师问他的弟子：

"门外是什么声音？"

"是雨的声音。"弟子回答说。

禅师说："太可悯了，众生心绪不宁，迷失了自己，只在追求外面的东西。"

河水的声音、雨的声音、风的声音，乃至鸟啼花开的声音，天天都充盈着我们的耳朵，但很少人能从声音中回到自我，认识到我是听的主体，返回了自我，一切的听才有意义呀！这天天迷执于听觉的我，究是何人呀！《碧岩录》中还有一则故事，说古代有十六个求道者，一心致力求道都未能开悟，有一天去沐浴时，由于感觉到皮肤触水的快感，十六个人一起突悟了本来面目。每次洗澡时想到这个故事，就觉得非凡的动人，悟的入处不在别地，在我们的眼睛、耳朵、意念、触觉的出入里,是经常存在着的!

我们的记忆正如一条流动的大河,我们往往记住了大河流经的历程、河边的树、河上的石头、河畔的垂柳与鲜花,却常常忘记大河的本身,事实上,在记忆的版图重叠之处,有一些不变的事物,那就是一步一步踏实地、经过种种历练的自我。

在混沌未分的地方,我们或者可以溯源而上,超越记忆的版图,找到一个纯一的、全新的自己!

## 玫瑰奇迹

有一天,突然兴起这样的念头:到台北我曾住过的旧居去看看!于是冒着满天的小雨出去,到了铜山街、罗斯福路、安和路,也去了景美的小巷、木栅的山庄、考试院旁的平房……

虽然我是用一种平常的态度去看,心中也忍不住波动,因为有一些房子换了邻居,有的改建大楼,有的则完全夷为平地了,站在雨中,我想起从前住在那些房子中的人声笑语,如真如幻,如今都流远了。

我觉得一个人活在这个时空里,只是偶然的与宇宙天地擦身而过,人与人的擦身是一刹那,人与房子的擦身是一眨眼,人与宇宙的擦身何尝不是一弹指呢?我们寄居在宇宙之间,以为那是真实的,可是蓦然回首,发现只不过是一些梦的影子罢了。

我们是寄居于时间大海洋边的寄居蟹,踽踽终日,不断寻找着更大、更合适的壳,直到有一天,我们无力再走了,把壳还给世界。一开始就没有壳,到最后也归于空无,这是生命的实景,我与我的肉身只是淡淡地擦身而过。

我很喜欢一位朋友送我的对联,他写着:

来是偶然,

走是必然。

每天观望着滚滚红尘,想到这八个字,都使我怅然!可是,人间的某些擦肩而过,是不可忽视的,如果有情有义又有天真的心,就会发现生命没有比擦肩而过的一刻更美的。

我们在生命中的偶然擦肩,是因缘中最大的奇迹。世界原来就是这样充满奇迹,一朵玫瑰花自在开在山野,那是奇迹;被剪来在花市里被某一个人挑选,仍是奇迹;然后带着爱意送给另一个人,插在明亮的窗前,仍是奇迹。

因此,我们可以这样说:对一朵玫瑰而言,生死虽是必然,在生与死的历程中,却有许多美丽的奇迹。

人生也是如此,每一个对当下因缘的注视,都是奇迹。

我在从前常买花的花店买了一朵鹅黄色的玫瑰,沿着敦化南路步行,对每一个擦肩而过的人微笑致意,就好像送玫瑰给他们一样。

我不可能送玫瑰给每一个人，那么，就让我用最诚挚的心、用微笑致意来代替我的玫瑰吧！我们在生命中的每一个相会也是偶然的擦肩而过，在我们相会的一弹指，我深信那就是生命最大、最美、最珍贵的奇迹！

## 寻找完美的老人

在远方的城市里,来了一个老人。这老人一看就知道是来自远地的旅人,因为他背着一个老旧残破的包袱,他的脸上布满了风霜,他的鞋子因为长期的行脚,裂了好几个破洞。

老人的外表虽然狼狈,却有着一双炯炯有神的双眼,不论是行走或躺卧,他总是仔细地、专注地观察着来来往往的人。

老人到底在寻找什么呢?

一个好奇的年轻人忍不住问他:"您究竟在寻找什么呢?"

老人说:"我像你们这个年纪的时候,就发誓要寻找到一个完美的女人,娶她为妻。于是我从自己的家乡开始寻找,一个城市又一个城市,一个村落又一个村落,但一直到现在都没有找到一个完美的女人。"

"您找了多久的时间呢?"年轻人问道。

"找了六十多年了。"老人说。

"难道六十多年都没有找到过完美的女人吗?会不会这个世界上根本就没有完美的女人呢?"

"有的!这个世界上真的有完美的女人,我在三十年前曾经找到过。"老人斩钉截铁地说。

"那么,您为什么不娶她为妻呢?"

"在三十年前的一个清晨,我真的遇到一个最完美的女人,她的身子散发出非凡的光彩,就好像仙女下凡一般,她温柔而善解,她细腻而体贴,她善良而纯净,她天真而庄严,她……"

老人边说,边陷进深深的回忆里。

年轻人更着急了:"那么,您为何不娶她为妻呢?"

老人忧伤地流下眼泪:"我立刻就向她求婚了,但是她不肯嫁给我。"

"为什么?为什么?"

"因为,因为她也在寻找这个世界上最完美的男人呀!"

## 人格者

　　一位从年轻时代就以帮人按摩维生的盲眼阿婆，一直住在小镇的郊外，有一天她带着积蓄到镇里找水电行的老板。

　　"陈老板，可不可以在我家前的路上装几盏路灯？"阿婆说。

　　水电行老板感到非常吃惊，说："阿婆，您的眼睛看不见，装路灯要干什么？"

　　"从前，我住的地方偏僻，没有人路过，所以不觉得有装灯的必要，加上那时生活苦，也没有多余的钱装灯。现在我存了一些钱，而且从那里过的人愈来愈多。为了让别人走路方便，请您来帮忙装几盏灯吧！"阿婆说。

　　陈老板听了很感动，只收工本费来为阿婆装路灯。

　　盲眼阿婆要装路灯的消息，第二天就传遍了全镇，所有的人都被阿婆的善心感动了，主动来参加装灯行动，大家纷纷捐钱，热烈的程度超过想象。因为每个人都在心里想着:"盲眼人都想到要照亮别人,何况是我们这些好眼睛的人呢?"

结果,阿婆家外的路灯不但全装起来了,马路扩宽了,通往郊外的木板桥也改成了水泥桥,连阿婆的木屋都被用砖头水泥重砌,成为一个又美丽又坚固的房子。

盲眼阿婆做梦也没有想到,只是因为小小的一念善心,竟使得整个小镇都变得光明而美丽,并且燃烧了大家心里的火种,在那装灯铺路的一段日子里,镇上的人活得充实而快乐,知道了布施使一个人壮大而尊严,充满人格的光辉。

后来,盲眼阿婆死了,但是在那小镇上,每个人走过她家前的马路,立即记起那小屋里曾住过一位伟大的人,一代一代过去,家长总是以盲眼阿婆的爱心作为教育孩子的典范,使得那小镇许多年后还是一个满溢爱心的小镇,少年孩子走过盲眼婆婆的路灯下,在深黑的夜里,没有不动容的。

这个故事告诉我们,人的伟大与否,和职业、地位,乃至身体的残缺都没有必然关系,就在我们生活四周有许多卑微的小人物,他们也像路灯一样放射光明,教育我们,使我们能坦然走向一个有更高超志节的世界。

在台湾乡间,把那些道德节操令人崇敬的人称为"人格者",他们生活在各阶层,没有一定的面目,唯一相同的是,他们的人格不可侵犯，不论在多么恶劣的情况下，他们都不出卖自己，并且在处境最坏的时候还能关心别人。一听到"人格者"这句话，真能令人肃然起敬。

记得我的父亲过世时，在墓地上，一位长辈走过来拍我的肩，对我说："你爸爸是一个人格者。"这句话使我痛哭失声，充满了感恩。我想，一个人如果被称为"人格者"，他在这世界就没有白走一遭。

在农田、在市场中，在许多小人物中间，有许多人格者，才使台湾乡土变得美丽而温暖，他们以生命直接照耀我们、引我们前行。

# 食家笔记

## 长板条上

所有的日本料理店，靠近师傅料理台的地方一定有一个用木板钉成的长板条，这板条旁边的椅子一般人不肯去坐，原因无他，只是不够气派。在台湾，日本料理店生意最好的是在房间，其次是桌子，最后才是围着师傅的板条；在日本则是反其道而行，最好的是板条边。

吃日本料理，当然不得不相信日本人的方式。这个长板条之所以受人喜欢，是日本人去喝酒大部分是小酌，而不是大宴，一个人坐在长板条边是最自在的。

如果你要吃好东西，也只有在长板条上。因为坐在长板条边，马上就靠近师傅，日久熟识互相询问家常，师傅一边谈话，一边总会在他身边抓一些东西请你，像毛豆、黄瓜、酱萝卜、生芹菜包芝麻之属，有时候甚至挖一勺刚做好的鱼子给你,或者把切剩的最好的一条鱼肚子推到面前。

坐长板条的客人通常不是寻常客人,都是嗜好生鱼的。那么师傅会告诉你,今天什么鱼好、什么鱼坏,并非他故意去买坏鱼,是鱼市场的鱼货,今日有些不甚高明,然后会说:"今天有一种好鱼,我切给您试试。"等你吃完满意了,他才切上算账的来,而你不要小看那一片试试的鱼片,料理店的一片好鱼,通常吃一口要一百元的。

长板条是最能学吃日本料理的地方,因为所有的东西都摆在面前,有许多选择的机会;如果坐在房间里,吃一辈子日本料理,可能许多见都没有见过。

长板条上也是最有人情味的地方,只要坐在长板条边,总不会吃得太坏,中国人说"见面三分情",大师傅就在面前,总不好意思弄一些差的东西给你。而且师傅无形中聊起日本料理的种种情形,自然就是在传法给客人了。最最重要的是,如果是熟客人,价钱总会算得便宜一些。因为在日本料理店中,每张桌子都由服务生开单,唯有在长板条上是"自由心证",全权由师傅掌握,熟人好说话,一定比房间里便宜得多。

在日本一些专卖生鱼和寿司的店,有时没有桌子,只有板条四桌围绕,师傅们则站在里面服务,一个师傅平常只照顾五张椅子,有些相熟的客人往往不仅认店,还要认师傅,这时不仅手艺比高下,连亲切都要一比，因而店中气氛融洽，比其他日本料理店要吵闹得多。

由于日本人生鱼生虾吃得厉害，所以卫生新鲜要格外讲究。听说要是在日本吃料理中了毒，可以向店里控告，赔偿起来大得不得了，而坐在长板条上不但可以控告店里，连认得的师傅都可以告进官里去。因此，师傅们无不戒慎恐惧，害怕丢了饭碗，消费者得以安心大啖其生猛海鲜。

我过去不觉得日本料理有什么惊人之处，有一回和摄影家柯锡杰去吃日本料理，第一次坐在长板条上。老柯与师傅相熟，大显身手叫了许多平日不易吃到的东西，而且有大部分是赠送的，这时始知吃日式料理也有大学问。老柯说："日本料理的师傅也是人，也有荣誉心，如果遇到一位好的吃家，他恨不得把自己的肚子都切下来给你下酒，谁还在乎那区区几个钱呢？"

柯锡杰早年留学日本，吃日本菜是第一流的高手，但是他说："不管吃什么菜，认识大师傅都是必要条件，中国菜里也是一样的吧！菜里无非人情，大师傅吩咐一声，胜过千军万马。我早年在美国当厨子，自己发明一道烤鸡，名字就叫'柯氏鸡'，与'麻婆豆腐'一样，以人名取胜，结果大家都爱吃这道菜，不一定是菜有什么高明，而是他们认识了柯氏。在人情上，总要试试柯氏鸡的滋味吧！"

这使我想起另一位吃家欧豪年。欧豪年每次在餐馆请客，一定提前半个小时前往。我觉得奇怪，不免问他，他说："主要是先来挑鱼，同样的鱼只要大小不同,味道就差很多。像青衣石斑之属,一斤左右的最好,太小的肉烂,太大的肉老。其次是先和师傅打个招呼,他就会特别留意,做出真正的好菜来。就说蒸鱼好了,火候最重要,要蒸到完全熟了可是还有一点点肉粘在骨头,那个节骨眼儿上,只有一秒钟的时间。"

中国人吃饭挑师傅相熟的馆子,和日本人在长板条上挑师傅一样,是人情味儿的表现。我曾在一家日本料理店看一个日本人在长板条上,每吃一片生鱼就喝一杯清酒,一边和师傅聊天,最后竟然大醉高歌而归。那时我想,使他醉的不一定是清酒,说不定是那个师傅!

## 梁 妹

新加坡朋友何振亚颇有一点儿财富,待人热诚,我在新加坡旅行时住在他家。他最让人羡慕的不是他有钱,而是他有个好厨子。

何振亚的厨子是马来西亚籍的粤人,是个单身女郎。她身材高挑、眉清目秀,年约三十余岁,等闲看不出她有什么好手艺,但她是那种天生会做菜的人。

这梁妹不像一般用人要做很多事,她主要的工作就是做做三餐。我住在何家,第一天早上起床,早餐是西式的,两个荷包蛋,两根香肠,一杯咖啡,一杯牛奶,一杯果汁。奇的是她的做法是中式的,蛋煎两面,两面皆为蛋白包住,却透明如看见蛋黄——这才是中国式的"荷包蛋",不是西式的一面蛋——而那德国香肠是梁妹自灌的,有中西合璧的美味。

正吃早餐的时候,何振亚说:"你不要小看了这鸡蛋,你看这鸡蛋接近完全的圆形,火候恰到好处,这不只是技术问题。梁妹是个律己极严的厨师,她煎蛋的时候只要蛋有一点儿歪,就自己吃掉,不肯端上桌,一定要煎到正圆形,毫无瑕疵,才肯拿出来。我起初不能适应她的方式,现在久了反而欣赏她的态度,她简直不是厨子,是个艺术家嘛!"

梁妹犹不仅如此,她家常做一道糖醋高丽菜,假如没有上好的镇江醋,她是拒绝做的。而且,一棵高丽菜,叶子大部分切去丢掉,只留下靠近菜梗的又厚实又坚硬的部分,切成正方形(每一个方形一样大,两寸见方),炒出来的高丽菜透明有如白玉,嚼在口中清脆作响,真是从寻常菜看中见出功夫,那么可想而知做大菜时她的用心。有一回何振亚请酒席,梁妹整整忙了一天,每道菜都好到让人嚼到舌头。

其中一道叉烧,最令我记忆深刻,端上来时热腾腾的,外皮甚脆,嚼之作声,而内部却是细嫩无比。梁妹说:"你要测验广东馆子的师傅行不行,不必吃别的菜,叫一客叉烧来吃马上可以打分数,对广东人来说,叉烧是最基本的功夫。"

梁妹来自马来西亚乡下，未受过什么教育。我和她聊天儿时忍不住问起她烹饪的事，她说是自己有兴趣做菜，觉得煎一粒好蛋也是令人快乐的事。

"怎么能做到这样好呢？"

"我想是这样的，一道做过的菜不要去重复它，第二次重新做同一道菜。我想，怎么样改变一些佐料，或者改变一点儿方法，能使它吃起来不同于第一次，而且企图做得更好一点儿，到最后不就做得很好了吗？"

我在何家住了一个星期，直觉得有个好厨子是人生一快，后来新加坡的事多已淡忘，唯独梁妹的菜给我的印象至为深刻。我不禁想起以前的法国大臣 Talleyrand 奉派到维也纳开会，路易十八问他最需要什么，他说："祈皇上赐臣一御厨。"因为对法国人来说，没有好的厨子，外交就免谈了。

以前袁子才家的厨子王小余说："做厨如做医，以吾一心诊百物之宜。"又说："能大而不能小者，气粗也。能啬而不能华者，才弱也。且味固不在大小华啬间也。能，则一芹一菹皆珍怪；不能，则黄雀鲊三楹，无益也。"真是精论，一个好厨子做的芹菜绝对胜过坏厨子做的熊掌。

做一个好厨子的条件是怎样的呢？

美国玄学大师华特（Alan Watts）说："杀一只鸡而没有能力将之

烹好，那只鸡是白死了。"

法国人爱调戏人，他们常问的话是："你会写文章，会画图做雕刻，你好像什么都有一手，且慢，你会烧菜吗？"看！如果你只会写文章，不会烧菜，只能算是"作家"，不能算是"艺术家"。骄傲的法国人眼中，如果你不会烧菜，最少也要具有好舌头，否则真是不足论了。

得过最高荣誉勋章的法国大厨波古氏（Bocuse）说过："发现一款新菜，比发现一颗新星，对人类的幸福有更大的贡献。"诚不谬哉！

## 响螺火锅

在纽约旅行的时候，有一天雕刻家钟庆煌在家里请吃火锅，约来了纽约的各路英雄好汉，有画家姚庆章、杨炽宏、司徒强、卓有瑞，摄影家柯锡杰，舞蹈家江青，作家张北海。

那一天之所以值得一记，是因为钟庆煌准备了难得吃到的响螺火锅。响螺是电影中常见海盗用来吹号的那种螺，体型十分巨大，吃起来颇费事，故一般西方人很少食用，在纽约只有中国城有的卖。

钟庆煌说，他为了准备这响螺火锅已整整忙了一天，一早就走路到中国城挑选合适的响螺。由于响螺壳坚硬无比，必须用榔头敲开，敲开之后只取用其前半部（像吃蜗牛一样，前半部才是上品）。取下后切片也不易，因响螺肉韧，必须用又利又薄的牛排刀才能切成薄片，要切得很薄很薄，否则就不能吃火锅了。

听钟庆煌这样一说，大家都颇为感动，而且听说一般馆子吃响螺不是用炒就是用炖的，用来吃火锅还是钟庆煌的发明。

那一次吃响螺片火锅滋味难忘，因肉质鲜美，经滚水烫过有一股韧劲和脆劲，吃起来有点儿像新鲜的鲍鱼片，但比鲍鱼更有筋道，而且响螺肉有点儿透明感，真是人间美味。吃涮响螺片时我才发现，如果真有滋味，不一定要依赖厨子，然而火候仍是不可忽视的，透明的螺片下锅转白时即捞起，否则就太老了。

回台北后，吃火锅时常想起雕刻家亲手拿榔头敲开的响螺火锅，可惜找不到响螺，后来在南门市场一家卖海鲜的摊子找到了响螺，体积比美国的小得多，要价一两十五元，摊贩说是澎湖的响螺，滋味比美国的好，因为美国的长得太大了，肉质较硬。

我带一些回来试做，才发现不然，因美国响螺大，切片后吃火锅较适合，澎湖的嫌小了一些。后来我想了很久，用一个新的方法做，先炖鸡一只，得汤一碗，再用鸡汤煨响螺片约十分钟，味道鲜美无比。

现在台北的馆子里也开始做响螺，尤其广东馆子最多，通常也是用鸡汤煨，再焖一些青菜进去，是正统的吃法；另有一法是将螺肉挖出剁碎，和一些碎肉虾泥再塞回螺壳中蒸熟，摆到盘子里非常壮观，可惜风味尽失。这使我想到，生猛海鲜本身的味道已经各擅胜场，纯味最上,配味次之,像什么虾球、花枝丸、蚵卷、蟹饺等都是等而下之了。

画家席德进生前也是有名的吃家,他就从不吃虾球之属,理由之一是:谁知道那是什么做的。理由之二是:即使用虾也不会用好虾,好好的虾干吗炸虾球?——真是妙见,把新鲜响螺剁碎了,简直是暴殄天物。

但这也不是绝对的,做汤的时候,用一个响螺同做,味道就完全不同。问题是,这时的响螺肉就不能吃了——这似乎是吃家的原则之一:你有一种东西,只能选择一种吃法,不能又要喝汤又要吃肉。

## 荷叶的滋味

在台北的四川馆子和江浙馆子里,常常有一道菜叫"荷叶排骨",荷叶排骨就是用荷叶包排骨到大锅里去蒸,通常要选肥瘦参半的肉排,因为太瘦了用荷叶蒸过会涩口,肥则不忌。

用荷叶蒸排骨实在是大学问,也是大发明。由于火蒸之后,荷叶的香气穿进排骨,而排骨的油腻则被香气逼了出来,两者有了巧妙的结合,是锡箔排骨远远不及的。广东馆子用荷叶包糯米团,糯米中可有各种变化,咸的可以包肉,甜的可以包芝麻或豆沙,不管做什么,都非常鲜美，真是把荷叶用到出神入化的地步了。

使用荷叶也是大有学问，一家馆子的师傅告诉我，包荷叶只能取用质软的一部分，靠茎的部分则不能用。而且荷叶刚采下时并不能用，易于断裂，须放置一日，叶已软而不失其青翠，如放置过久，荷叶一下锅，蒸出来就乌黑了。

荷叶在中国菜里使用得并不广，记得台湾乡下有一种"荷叶粿"，是用荷叶包粿，有咸甜各味，一打开荷香四溢。我幼年时代有一位三姑妈擅做这种荷叶粿，但姑妈去世后，我已多年未尝此味，只是一想起，荷叶仍然扑鼻而香。

植物的叶子在中国菜中是配味，不论怎么配，确实可以改变味道，如同端午节使用的粽叶。在乡下，光是粽叶的价钱就有好多种，好的粽叶做出来的粽子就是不一样。嘉义以南，有许多人包粽子用大的竹叶，味道又不同了，它没有粽叶浓香，格外带一点儿清气，和荷叶粿有点儿相似。

台湾乡下人节省，有的家庭把吃剩的粽叶洗净、晾干，第二年再来使用，这时包的虽是粽子，殊不知风味已经尽失了。这与台北一般大馆子做鸽松、小馆子做蒸饭常使用到竹筒类似，但那竹筒一用再用，早就毫无滋味。那么，用竹筒和用别的容器又有何不同呢？

台北苏杭馆子里，信义路有一家的包子做得有名。包子倒无特殊之处，只是它蒸的时候笼子里铺了干草，这一出笼时就完全不同了。

和荷叶排骨一样，它把包子的油蒸了出来，却又表现了包子的精华。唯一遗憾的是，那些干草并不是用一次就算，失去了发明时的原意。

中国菜讲究火功，到细微处，菜肴身边的配置十分重要，荷叶是其明显的一端。古时不用瓦斯，光是木炭都有讲究，喝茶时用松枝烹茶，松树之香气会穿壶入水，称之为"松枝茶"。我童年的时候，母亲常用蔗叶煮饭烧茶，做出来的饭、泡出来的茶都有甜气，始知小如叶片，也有大的用途。

荷叶的滋味甚好，使人想起中国菜实是中国文化的表现。荷叶固可以入诗入画，同时也能入菜，入菜非但不会使荷叶俗去，反而提高了一道菜的境界。只是想到荷叶难求，心中未免怏怏。

在乡下，使用荷叶原不是有特别的妙见，而是就地取材。记得我的姑妈当年包"荷叶粿"时，并非四时均有荷叶可用，有时也取芋叶或香蕉叶代之。那时每次使用别的叶子，姑妈总爱感叹："这芋叶、香蕉叶蒸的粿，怎么吃总是比不上荷叶，少了那一点儿香气。"

如今想起来，只是习惯造成的感觉，芋叶有芋叶的好，蕉叶也有蕉叶之香，我倒是觉得，说不定连梧桐叶都可以做排骨呢！

新加坡、马来西亚、印度尼西亚、印度一带，人民就善于使用树叶。路边小摊常有各种树叶包着的东西，卖的时候放在火上一烤即成。我在当地旅行时，爱在路边吃这些东西，发现不只是肉，连鱼都包在叶子里烤。这样烤的好处是水分保留在叶子里，不失去原味，而且不会把东西烤坏。

中国菜使用叶子，通常用的是蒸，适于大馆子。说不定还可以发展烤的空间，让升斗小民也能尝到荷叶的滋味！

## 张东官与麦当劳

近读《紫禁城秘谭》，里面写到清朝最好吃的皇帝是乾隆，而乾隆最爱吃的是江苏菜，万寿节及其他节日常开"苏宴"。他常吃的菜有"燕窝黄焖鸭子炖面筋"、"燕窝红白鸭子筋炖豆腐"、"冬笋大炒鸡炖面筋"、"燕窝秋梨鸭子热锅"、"大杂烩"、"葱椒羊肉"等。

当时御厨里的苏州厨役有张东官、赵玉贵、吴进朝诸人，张东官出现以后，其他苏州厨子黯然失色，可以说，张东官是清朝御厨中风头最健的人物。

当时乾隆皇上到处巡狩，各地大臣为了讨好皇上，到处去访寻庖厨名手，张东官就是长芦盐政西宁出重金礼聘自苏州。乾隆三十六年（1771年）二月，皇帝出巡山东，西宁进张东官进菜四品，其中有一品是"冬笋炒鸡"，很合皇帝口味。吃完以后，皇帝赏给张东官一两重的银锞两个。此后，皇帝每吃一次张东官的菜就赏银二两，一直到三月底回京。

乾隆四十三年（1778年），皇帝再次出巡盛京，传张东官随营做厨。七月二十二日，张东官做了一品"猪肉碲砂馅儿煎馄饨"，晚上又做了一品"鸡丝肉丝油煸白菜"、一品"燕窝肥鸡丝"、一品"猪肉馅儿煎黏团"，极为称旨，吃完后，皇帝赏银二两。

不久之后，张东官时常做菜进旨，如"豆豉炒豆腐"、"糖醋樱桃肉"，又做"苏造肉"、"苏造鸡""苏造肘子"。这段期间，皇帝时常赏赐，记载上赏过"熏貂帽檐一副"、"小卷缎一匹"、"大卷五丝缎一匹"，可见皇帝对一个好厨子的礼遇。

乾隆四十六年（1781年）二月，张东官正式入宫当御厨，官居七品，更得皇帝的宠爱。《紫禁城秘谭》写到张东官的最后一段是：

"乾隆四十八年（1783年）正月初二日晚膳，张东官做'燕窝脍五香鸭子热锅'一品、'燕窝肥鸡雏野鸡热锅'一品，尤称旨，屈指初承恩眷，至是匆匆十二年矣！"

张东官大概是清朝最后一位最有名的厨子，从皇帝对他的赏赐和别人对他的敬爱有加，可以知道一名好厨是多么难求。好厨子就如同艺术家，不必来自宫廷，民间也自有奇葩。

我看了张东宫十分传奇的历程，以及他做给乾隆吃的一些菜名，真觉得上好的烹调是一菜难求。

就说一道"豆豉炒豆腐"，"不知用何种配料，就膳档规之，帝殊嗜爱。"豆豉和豆腐都是民间之物，任何乡下村妇都能做这道菜，可是张东官的火候却可以惊动皇上，一定是厨之外还有艺。

"厨之外有艺"是中国菜的传统，不但要在味道上讲究，在颜色上讲究，甚至在名字上也都别出心裁，犹如新诗创作。看到好的名字、好的味道、好的颜色，人的喉头里会忍不住伸出一只手来。

说到厨子，有一回，叙香园的老板请吃饭，把他们馆子里大部分的菜全端出来了。一共二十四道，品品都是好菜，叫人吃了仰天长啸。我问杨先生："你们馆子里有多少名菜呢？"

"大致就是你吃的这些了，一个饭店里只要有二十道名菜就是不得了的，要知道一般小馆只要有一道招牌好菜也就不容易了。"

然后我们谈到厨子，杨先生觉得好的厨子是天才人物，不是训练可以得致。因为好厨子的徒弟总是不少，但成大厨的永远是少数中的少数，没有一点儿天生的根器是不成的。厨艺又和艺术相通，所以，一般艺术家自己都能发明出几道好菜来。

我问到一个俗气的问题："那么一个好厨子目前的薪水是多少呢？"杨先生说那得要看他的号召力，像叙香园的大厨，一个月的薪水是三十万新台币，比起一家大公司的总经理毫不逊色。

我想到三十万台币是十几两黄金，那么现代大厨的待遇恐怕远超过乾隆皇帝的御厨张东官了。一个名厨足以决定一家饭店的成败，三十万也实在是合理的待遇了，你看台北的馆子何止千百，能打出大师傅招牌的却没有几个。

看完《紫禁城秘谭》，我到台大附近去买书，发现台大侧门对面也开了一家麦当劳，门口大排长龙。心中真是无限感叹，中国这样优秀的饮食传统恐怕有一天要被机器完全取代了。将来如果我们要找名厨，真只有到典籍中去找了。

我们当然不必一定吃张东官的好菜，但是，能把豆豉炒豆腐做好的厨子，现在还剩几个呢？

## 吃客素描

我有一个朋友叫陈瑞献，是新加坡、马来西亚一带有名的艺术家，同时是有名的吃家。他以前在《南洋商报》上写吃的专栏，十分叫座，对吃东西之讲究罕有其匹。

瑞献和现在台湾法国文化中心主任戴文治是黄金拍档，两人时常一起到世界各国大吃，事后互相研究讨论。在吃这方面，配合得像他们这样好的也很少见。

说到他们两人的相识也是奇遇，戴文治曾是法国驻新加坡的大使，陈瑞献正好是新加坡法国大使馆的秘书，本是主属关系。由于两人都好吃并且酷爱艺术，竟成好友，相交莫逆，以兄弟相待。

这两个吃家好吃到什么程度呢？陈瑞献常说："人生有四件大事，

除了吃以外,其他三件我已忘记。"他们是那种有了好吃的东西可以丢掉其他三件的人。瑞献每天除了吃好吃的东西,生活几乎是邋遢的,衣着方面,他虽在大使馆上班,却终年穿着短裤、拖鞋到办公室,由于他名气太大,久之大家也习以为常。在住的方面,他住的地方对面就是新加坡有名的绿灯户,是黑社会争夺的地盘。虽是两层洋楼,家中堆满零乱的字画,要找个能坐的地方都感到困难。在行的方面,他开着大使馆所有的一部福特跑车,车龄已有六七年,他开到哪里停到哪里,由于挂着使馆牌,即使在管理严格的新加坡也享有特权。他那部车是新加坡少数有名的"大牌"之一,车子够老,牌子够硬。

瑞献书画、文章、金石都是绝活,除了这些,对他最重要的大概就是吃了。

有一年,瑞献因公来台北,我说是不是可以看看他的行程,他把纸拿出来,里面几乎没有行程,只写了三餐用餐的地点和吃些什么菜。

"这就是你的行程吗?"我说。

"是呀!有什么比吃更重要呢?"

他说出外游山玩水固好,但对他们这种经常世界各处跑的人已没有什么意义,吃吃好东西才是最实在的。我看他的"行程表"(就是吃程表)中有一天中午空白,表示我要做东。那时我正想去法国,在办理赴法签证,大权在戴文治手中,便约戴文治一同前往。

当时在戴文治家中,瑞献指着戴文治对我说:"你请他吃饭可要当心,要是吃到什么难吃的菜,你的法国签证就泡汤了,假如吃到好菜,说不定给你一张法国护照。"

三人哈哈大笑,戴文治补充说明:"我的权力没有那么大,最长只能给你签六个月。"

"当然,如果不给你签,你这辈子别想去法国了。"瑞献爱开玩笑,"完全就看你怎么安排了。"

兹事体大,当下三人摊开吃的地图(戴文治家中有一本专门记载台北馆子的书籍,有图表)研究,我从罗斯福路、和平东路、信义路、仁爱路、忠孝东路一路问下来,大部分有名的馆子他们都吃过了,这使我大吃一惊,因为台北爱吃的人虽多,吃得这么全的也算少见。

后来我卖了一个关子,说:"这样好了,明日午时就在法国文化中心集合,我带你们去吃,但先不说吃的地点和吃些什么。"两人相视一笑,点头答应。

第二天,我带他们到仁爱路的"吃客"去吃。果然他们没有吃过,大为惊奇,台北居然有他们没吃过的馆子。我叫了一些普通的菜,记得是咸猪脚、风鸡、醉虾、干丝牛肉、吃客鲳鱼、炒年糕、黄鱼羹、香菇鸭舌汤,每出来一道菜都叫他们舌头打结。事实并不是菜烧得多了不起,只是吃客的猪脚、风鸡、醉虾对初尝的人确是异味,而黄鱼羹之鲜美,香菇鸭舌汤以五十只鸭舌做成,都是富有舌头震撼力的。

吃完后叫了一客豆沙锅饼,一客芝麻糊,吃得两位名吃客啧啧称奇。

结束之后,我问戴文治:"味道如何?"

"六个月,六个月。"戴忙着说,意即我的法国签证,他可以给我签最长的时间。

"这样棒的一顿饭才值六个月吗?"瑞献打趣说,我们不禁拍案大笑。

这时我才透露了为什么选"吃客"。因为在戴文治的"秘籍"中并没有"吃客"的记载,胜算很大。我们四人(还有我的妻子小銮)谈到,选择馆子事实上没有叫菜重要,因为每一个馆子的师傅总有一两道"招牌好菜",有时一家馆子就靠一道菜撑着,如果去吃馆子不知道叫菜,如同盲人骑马,只知有马,不知马瞎,真是太可怕了。

好菜的功能之大甚至影响到法国签证呢!可不慎哉!

后来我与妻子到新加坡,瑞献一来就为我们开了一张食单,每天让我们早、午餐自便,晚餐如果没有特别应酬,则听他安排。他找到的菜馆不论大小,菜都是第一流的,即使是路边小摊吃海鲜,他也都能找到又新鲜又好吃的地方——这真是食家本色,好的食家是不摆排场、不充阔佬的,一万块吃到好菜不是本事,一千块吃到好菜才是本事;能吃海鲜不是本事,要便宜吃到好海鲜才是本事;知道名菜名厨不是本事,连街边小摊都了然于胸才是本事。

有瑞献带路去吃,差一点把我的舌头忘在新加坡了。

最遗憾的是，瑞献为我安排了一餐俄国菜、一餐印度菜，由于那两天都有朋友的应酬，因而分别在江浙馆和广东茶楼吃饭，至今引为憾事。瑞献表现在吃上的兴趣是令人吃惊的，他不但餐餐陪我们吃，毫无倦容，而且吃得比我们还有味。有一回吃潮州菜，我看他吃得趣味盎然，忍不住问他："你吃过这么多次，还觉好吃吗？"

他正色道："好的菜就是你吃几十次也不会腻的，就像一幅好的画挂在家中三五年，你何尝厌倦？"

他继续说："吃好菜的时候总要把心情回到最初，好像是第一次品尝，让味蕾含苞待放。这就像和情人接吻，如果真爱那情人，不管接多少次吻都有不同的滋味。真正的吃家对待食物要像对待情人。"

他告诉我，有一次他和戴文治在法国吃鸡肉，戴文治在一食三叹之后求见厨师。当那顶白高帽在厨房门口出现，戴文治自动站起来，先向厨师致敬，再与他交谈。他说："事后，戴文治对我说，他敬爱厨师，一如敬爱情人；对于那些失去做爱能力的人，佳肴是最好的补偿。"

瑞献常说："不惜工本以快朵颐是食家本色。"又说："让蠢人错把你当白痴者，是一流食家的逸乐。"又说："品味如品画，厨者所以是画人。"他为了吃，有时甚至是疯狂的。

举例来说，一九八一年大陆曾有"锦江华筵访问团"，锦江师傅坐专机到新加坡，包括锅铲、碗筷和重要材料全是专机空运。锦江师傅在玻璃内做菜，吃客可以在外面观察他们的做法、刀功等，从切菜、炒煮到端盘出来一目了然。在新加坡来说，是难得的机会。

然而一桌菜叫价一万坡币（合二十万台币）。瑞献兴起了吃的念头，他的妻子小菲极力反对，因为一万坡币不是小数目。后来，瑞献想了个变通的办法，就是邀集十位朋友，一人出一千坡币（合两万台币），一起去吃锦江华筵，分摊起来负担就小了。

小菲仍不赞成，觉得花一千坡币吃一餐也不可思议，但瑞献对她说："你让我去吃这一餐，你只是心痛一阵子；如果你不让我去吃这一餐，我会遗憾一辈子。"他们伉俪情深，小菲只好节省用度，让他好好地吃了一餐。事后他告诉我："真是值回票价！"小菲则对我说："幸好给他去吃，否则真会怨我一辈子，他吃了那顿饭，回来整整说了一个月。"

我和瑞献已有三年未见，但每次吃到好菜总会不自觉想起他来。因为在这个世界上，人莫不饮食，豪侈暴发之辈奇多，一掷万金者也所在多有，但鲜有能知味之人，知味是多么不易呀！

我们的通信开头总是："最近在××路发现××馆子，拿手好菜是……味道……"结尾则是："几时来这里，一起去大吃一顿吧！"

知味不易，人生得知味之知己，是多么难呀！

知味不易
人生得知味之知己
是多么难呀

## 坚持之味

真正的旅行，

不在寻找新的景观，

而在具备新的眼睛；

真正的探索，

不在创造更多的机会，

而在触及更深的心灵。

——歌德

端午节在漳州，朋友带我们去参观闻名世界的"土楼"。

土楼隐没在深山里，楼高三层，或圆或方，每一座土楼都住了几个家族，听说许多台湾早期的移民都是从土楼出发的。土楼的造型非常奇特，从高处看，就仿佛隐藏在森林中的外星人飞碟，因此，听说早期的美军侦察机飞过土楼,以为福建的森林中有许多秘密的基地。

在土楼遇到的人都纯朴亲切,家家户户门口都挂着粽子,知道我们是台湾来的,纷纷剪下粽子与我们分享。

我坐在土楼中间水井边,解开粽子,咬了一口,大吃一惊,接下来的每一口,都令我心惊!

那粽子每一口都让我想起母亲包的粽子,我们在台湾南部包的粽子,用的是粽叶(许多别的地方是用竹叶)、白糯米(许多别的地方是用炒过的米)、瘦赤肉(许多别的地方用五花肉)、咸鸭蛋黄和白煮花生,最特别的是我们用水煮粽子,许多别的地方粽子是用蒸的。

自从母亲过世之后,我已经没有吃过这种故乡的粽子,没想到在千里外的漳州土楼吃到。我知道自己的祖先是漳州人,但是,我的祖先是不是也来自土楼呢?我看着水井中自己惊讶的脸孔。

妻子问我:"怎么了?"

"这粽子的味道,竟然和妈妈包的粽子一模一样!"

真是太骇人了!假设我的祖先来自漳州,时间已相隔三百年,空间也阻断千万里,许多事物已经完全变化,但粽子的滋味,竟一代一代地传下来,未曾走味。

那种骇人的感觉,使我忆起童年的某一次端午节,父亲带我从旗山到六龟,路过美浓,他带我去买两个粽子,是竹叶包裹、炒过的糯米、包五花肉、红葱头、蒸熟的,从旗山到美浓,坐车只要十分钟,粽子的味道已经完完全全不同了。不只是粽子，一切的吃食都是如此，美浓也有美浓的坚持之味呀！

本来，我以为土楼是充满艺术性、创造力的福建民居，是客家人艰辛生活的印记。自从在井边吃了那一个粽子，土楼就不再是那么简单了。也许，在几百年前，我有一些祖辈曾坐在土楼井边吃着味道一模一样的粽子。也许，就在此刻，有一些基因与我相同的宗亲，坐在某一个土井边在吃着粽子。

令我惊奇的不只是粽子，在漳州的夜晚，有一次，"晓风书屋"的几个朋友请我吃宵夜，点了一些寻常小菜，有红糟肉、粉香肠、虱目鱼肠、白切肉，还有鱼丸汤，每一道小菜都使我的舌头惊呼连连，那滋味和我在南台湾故乡的味道丝毫无别，三百年前的味道，在时光中一瞬凝结，三百年后突然解冻苏醒了。

一代一代坚持着古法，才能完全一样呀！当然我们可以故意遗忘历史和地理的某些纠缠，但红糟肉与粉香肠是不会骗人的。

特别使我感怀的是虱目鱼肠，是我的父母亲最爱的食物之一，把虱目鱼的内脏洗净，煎到酥黄，加一些冰糖与酱油膏，是极有风味的吃食，我一直以为这是我们家里的"秘密食谱"，因为在别的地方未曾吃过，一直到了漳州的夏日夜晚，仿佛母亲还在世一般，亲手煎煮了虱目鱼肠。原来，只是一碟小小的鱼肠，也是从漳州过海的，虽然母亲极有巧思，我想，虱目鱼肠的吃法也是一代一代传下来的。

有一些事物是时空无法阻隔的,还有一些事物,想要有意接续都做不到。

一天,漳州市的副市长请我们吃饭,他对我们说了一件真实的事。

他原任东山乡长,有一次到台湾考察农业,到了屏东枋寮、林边一带,吃了"黑珍珠莲雾",认为是世界上最好吃的水果,他初步研究了福建东山的水土和气候,与屏东相同,就决心把黑珍珠带回福建试种。

东山乡辟出了一块最像屏东的四百多公顷土地,延聘了台湾的专家,开始"黑珍珠计划",辛苦了两年,总算长出第一批黑珍珠。

副市长说:"那莲雾外表和屏东的一模一样,我吃了一口,就咽不下去,味道又酸又涩,完全不同!经过七八年了,我们一直在研究、在改良,但就是找不出原因,为什么东山的黑珍珠,就不能像屏东的那么好吃!"

虽然是来自屏东黑珍珠的母株,味道却完全不同,唯一相同的据说是产量。"每年那些东山的莲雾结果的时候,落了满园满地的莲雾,没有人要吃!我叫人采收带到外乡去卖,他们说:我们自己都不吃了,还卖给谁呢?"副市长幽默地说。

我对副市长说:"如果黑珍珠那么容易种出来,那我们屏东的人吃什么呢?不过,以你们的努力和研究精神,总有一天会种出黑珍珠的!"

人生的许多事，有一些靠坚持、有一些靠机运、有一些要随缘，文化的分合与变貌不也是如此吗？

最近，看到教育部门为了鼓励孩子学乡土语言，编了一些台语教本，创造了一些"新字新词"来教台语，结果教育部门各级官员和民意代表都没有一个人会读，弄得笑话百出。在此之前，也有一些文学界的朋友，创造一些"台语文学"，用了许多新字新词，写的人当然觉得过瘾，可是连熟悉台语的人读一首台语诗，都会急得上三次厕所，不知道这种创作的意义何在？

再仔细想想，如果每一个地方的作家，因为乡土的缘故，都用家乡的方言自创文字，陶渊明用江西话，王维用山西话，李白用四川话，杜甫用湖北话，杜牧用陕西话……不使用正常的中文，他们的诗文与思想也只能自限于一隅，而不会成为令人敬服的大家。

中文，不是北京人的，也不是四川人或广东人的；中文，是台湾人的，也是新疆人或海南岛人的；我们说母亲的话，我们也使用"公家的"中文。一篇优美的中文，用川话、台语、广东腔都可以读出来，不需要有"四川字"、"台湾字"或"广东字"。

我曾在湖南长沙讲学，发现湖南大学的学生有许多根本不会说"普通话"，只会说湖南话，我听不懂湘语，学生的问题写在纸上就懂了。我问他们用湖南话读中文系有没有什么问题，学生当场用湖南话背一首唐诗，真是好听极了。

当时，我觉得中文是红糟肉或粉香肠，就是要做成粉红色的，当然，我们也可以把红糟肉染成绿色，粉香肠做成蓝色，问题是，谁敢吃？卖给谁？

为了测试台语的能耐，我曾出版过三套台语有声书《老先觉的话》、《打开心内的门窗》、《走向光明的所在》，不用新字新词，也可以读出优雅的台语。"台语"与"中文"之间并无任何的障碍，台语原来就是唐音，用台语读唐诗，一样优美而充满节奏。如果不用中文，而用"台语字"，不只是自我设限，简直是自我矮化了。

现在我们要教子弟学台语，如果不用正统的中文，而自创一些奇怪的字词，是陷子弟于不义，不要说美好的台湾语言学不好，到最后都会"相打电"而"秀逗"了。

在四川重庆，重庆师大的一位教授告诉我，用四川话读李白、苏东坡特别动听，他一直认为四川人的李白和苏东坡是用四川话在写作的。

我说："李白、苏东坡用台湾话读起来也很好听！"

福建东山乡的黑珍珠莲雾与屏东的黑珍珠，吃起来不同，那是用舌头分辨的。文学有比舌头更广的境界、更深的层次，李白文章里的酒，苏轼文章里的茶，即使只读到了文章，也等于品尝了其中的芬芳。

我们用舌头学说话，就像用舌头品食物，要成为一个知味的人，不能只靠舌头；要成为会表达的人，也不能不靠舌头。唯有国语、台语都进入中文的表达系统,才是我们子弟的福气呀!

我喜欢吃粽子,虽然我最喜欢、也最习惯母亲包的粽子,我也喜欢吃别地方的粽子,白糯米很好,炒过也很好;粽叶很好,竹叶也很好;瘦肉很好,焖肉也很好;花生很好,栗子也很好……

每一个地方的粽子都不同,但是,屈原、粽子、端午节,粽子都是那样来的,就是有一种坚持的味道!

人生的许多事
有一些靠坚持
有一些靠机运
有一些要随缘
文化的分合与变貌
不也是如此吗

## 让开心成为一种习惯

已看惯了太阳的东升西落,月亮的阴晴圆缺;习惯了春夏秋冬的冷暖,世间万物的改变;却很难看淡人间的悲欢离合、情仇恩怨,更难将伤心难过看得风轻云淡。经过了很多年的改变以后,将开心当成了一种习惯,于是我发现我的开心感染了很多人,人们问我为什么的时候,我只说:开心是一种习惯!

以前常常讨厌世人那些所谓的好心忠告,因为明明知道没有几个人能做得到,事事去斤斤计较,到头来伤心难过的只是自己。常常听不习惯朋友的花言巧语,看不习惯朋友的惺惺假意,突然恨透了这个世界,感觉到处都是虚伪的面孔。

也许是因为经历得太多,也许是因为个人没有办法改变这个社会的情况下只能顺应了这个社会,于是喜欢上西门子公司的一句企业文化:"请愉快地工作。"并改成了"请开心地生活"。

的确，开心与不开心，都要过一天二十四个小时，何不开心地度过每一天呢？

当然，没有哪个人在面对伤心和难过的时候还可以傻笑，但是，你却可以在最短的时间内去调整自己的心态。要知道伤心不是解决问题的最好办法，于是，我将那句话刻在了心里："请开心地生活。"这样时时刻刻提醒自己，我应该开心地过每一天，因为我像所有人一样，希望自己能过得好一点儿，虽然不能从物质上满足自己，但是已学会弥补自己心灵上的空虚。

人的一生，总有学不完的知识，总有领悟不透的真理，总有一些有意或者无意的烦心事闯到心里来，总之，生之梦，顺少逆多，一辈子不容易，千万不要总是跟别人过不去，更不要跟自己过不去。书上云：看别人不顺眼是自己的修养不够。想一下也是，因为每个人的出身背景、受教育程度、受社会影响都是不一样的，在你看不惯别人的同时，是否别人也看不惯你呢？所以开心地去面对每一个人，要学会看朋友身上的优点，学习朋友身上的优点，朋友的缺点正是你最好的反面教材，如果你也有这样的缺点请及时改善，不正是你所期望的吗？

开心不仅仅是心里的感觉，而是因为你有了开心的感觉，于是别人可以从你的脸上读到微笑，读到开心。如果你在生活中比较细心的话，你就会知道世间最美丽的表情就是微笑，如果你天天想拥有世间

最美丽的表情,那么请把开心当成一种习惯吧!

心随境转是凡夫,境随心转是圣贤。

用惭愧心看自己,用感恩心看世界。

## 生命的化妆

我认识一位化妆师,她是真正懂得化妆,而又以化妆闻名的。

对于这生活在与我完全不同领域的人,使我增添了几分好奇,因为在我的印象里,化妆再有学问,也只是在皮相上用功,实在不是有智慧的人所应追求的。

因此,我实在忍不住问她:"你研究化妆这么多年,到底什么样的人才算会化妆?化妆的最高境界到底是什么?"

对于这样的问题,这位年华已逐渐老去的化妆师露出一个深深的微笑。她说:"化妆的最高境界可以用两个字形容,就是'自然',最高明的化妆术,是经过非常考究的化妆,让人家看起来好像没有化过妆一样,并且这化出来的妆与主人的身份匹配,能自然表现那个人的个性与气质。次级的化妆是把人凸显出来,让她醒目,引起众人的注意。拙劣的化妆是一站出来别人就发现她化了很浓的妆,而这层妆是为了掩盖自己的缺点或年龄的。最坏的一种化妆,是化过妆以后扭曲了自己的个性,又失去了五官的协调,例如小眼睛的人竟化了浓眉,大脸蛋的人竟化了白脸,阔嘴的人竟化了红唇……"

没想到,化妆的最高境界竟是无妆,竟是自然,这可使我刮目相看了。

化妆师看我听得出神,继续说:"这不就像你们写文章一样?拙劣的文章常常是词句的堆砌,扭曲了作者的个性。好一点儿的文章是光芒四射,吸引了人的视线,但别人知道你是在写文章。最好的文章,是作家自然的流露,他不堆砌,读的时候不觉得是在读文章,而是在读一个生命。"

"多么有智慧的人呀!可是,到底做化妆的人只是在表皮上做功夫呀!"我感叹地说。

"不对的,"化妆师说,"化妆只是最末的一个枝节,它能改变的事实很少。深一层的化妆是改变体质,让一个人改变生活方式、睡眠充足、注意运动与营养,这样她的皮肤改善、精神充足,比化妆有效得多。再深一层的化妆是改变气质,多读书、多欣赏艺术、多思考、对生活乐观、对生命有信心、心地善良、关怀别人、自爱而有尊严,这样的人就是不化妆也丑不到哪里去,脸上的化妆只是化妆最后的一件小事。我用三句简单的话来说明,三流的化妆是脸上的化妆,二流的化妆是精神的化妆,一流的化妆是生命的化妆。"

化妆师接着做了这样的结论："你们写文章的人不也是化妆师吗？三流的文章是文字的化妆，二流的文章是精神的化妆，一流的文章是生命的化妆。这样，你懂化妆了吗？"

我为了这位女性化妆师的智慧而起立向她致敬，深为我最初对化妆师的观点感到惭愧。

告别了化妆师，回家的路上我走在夜黑的地表，有了这样的深刻体悟：这个世界一切的表相都不是独立自存的，一定有它深刻的内在意义，那么，改变表相最好的方法，不是在表相下功夫，一定要从内在里改革。

可惜，在表相上用功的人往往不明白这个道理。

## 木瓜树的选择

路过市场,偶然看到一棵木瓜树苗长在水沟里,依靠水沟底部的一点点烂泥生活。

这使我感到惊奇,一点点烂泥如何能让木瓜树苗长到腰部的度呢?木瓜是浅根的植物,又怎么能在水沟里不被冲走呢?

我随即想到夏季即将临,届时会有许多台风与豪雨,木瓜树若被冲入河里,流到海上,就必死无疑了。

我看到木瓜树苗并不担心这些,它依靠烂泥和市场排放的污水,依然长得翠绿而挺拔。

生起了恻隐之心,我想到了顶楼的花园里还有一个空间,那是一个向阳的角落,又有着自阳明山的有机土,如果把木瓜树苗移植到那里,一定会比长在水沟里好。木瓜树有知,也会欢喜吧!

向市场摊贩要了塑胶袋,把木瓜和烂泥一起放在袋里,回家种植。

看到有茶花与杜鹃为伴的木瓜树,心里感到美好,并想到日后果实累累的情景。

万万想不到的是,木瓜树没有预期生长得好,反而一天比一天垂头丧气,两个星期之后,终于完全枯萎了。

把木瓜苗从花园拔除的时候,我的内心感到无比怅然。对于生长在农家的我来说,每一株植物的枯萎都会使我怅然,只是这木瓜树更不同,如果我不将它移植,它依然在市场边,挺拔而翠绿。

在夕阳照拂的院子,我喝着野生苦瓜泡的茶,看着满园繁盛的花木,心里不禁感到疑惑:为什么木瓜苗宁愿生长在污泥里,也不愿存活在美丽的花园呢?是不是当污浊成为生命的习惯之后,美丽的阳光、松软的泥土、澄清的饮水反而成为了生命的负荷呢?

就像有几次,在繁华街市的暗巷里,我不小心遇到一些吸毒者,他们弓曲在阴暗的角落里,全身的细胞都散发出颓废的气息,用迷离而失去焦点的眼睛看着世界。

我总会有一种冲动,想跑过去拍拍他们的肩膀,告诉他们:"这世界有灿烂的阳光,这世界有美丽的花园,这世界有值得追寻的爱,这世界有可以为之奋斗、为之奉献的事物。"

随即,我就看到自己的荒谬了。因为对一个吸毒者而言,污浊已成为生命的习惯,颓废已成为生活的姿态,几乎不可能改变。不要说是吸毒者,像在日本的大都市有无数自弃于人生、宁可流浪于街头的

"浮浪者",当他们完全自弃时,生命就再也不可能挽回了。

"浮浪者"不是"吸毒者",却具有相同的部分,吸毒者吸食有形的毒品,受毒品所宰制;浮浪者吸食无形的毒品,受颓废所宰制,他们放弃了心灵之路,正如一棵以血水、污水维生的木瓜苗,忘记了这世界有美丽的花园。

恐惧堕落与恐惧提升虽然都是恐惧,却带来了不同的选择,恐惧堕落的人心里会有一个祝愿,希望自己有一天能抵达繁花盛开的花园,住在那花园里的人都有阳光的质,有很深刻的爱、很清明的心灵,懂得温柔和善于感动,懂得欣赏一切美好的事物。

一粒木瓜的种子,偶然掉落在市场的水沟边,那是不可预测的因缘,可是从水沟到花园之路,如果有选择,就有美好的可能。

一个人,偶然投生尘世,也是不可预测的因缘。我们或者有不够好的身世,或者有贫穷的童年,或者有艰困的生活,或者陷落于情爱的折磨……像是在水沟烂泥中的木瓜树,但我们只要知道,这世界有美丽的花园,我们的心就会有很坚强很真切的愿望:我是为了抵达那善美的花因而投生此世。

万一我们终其一生都无法抵达那终极的梦土,我们是不是可以一直保持对蓝天、阳光与繁花的仰望呢?

这世界有灿烂的阳光
这世界有美丽的花园
这世界有值得追寻的爱
这世界有可以为之奋斗
为之奉献的事物

细雨斜风作小寒
淡烟疏柳媚晴滩
入淮清洛渐漫漫
雪沫乳花浮午盏
蓼茸蒿笋试春盘
人间有味是清欢

第四辑

清欢有味
平凡最真

清　欢

暖暖的歌

雪的面目

清雅食谱

放　下

连兴老店

失落的王者之香

味之素

莲花汤匙

忘情花的滋味

# 清 欢

少年时代读到苏轼的一阕词,非常喜欢,到现在还能背诵:

> 细雨斜风作小寒,
> 淡烟疏柳媚晴滩,
> 入淮清洛渐漫漫。
> 雪沫乳花浮午盏,
> 蓼茸蒿笋试春盘,
> 人间有味是清欢。

这阕词,苏东坡在旁边写着"元丰七年十一月二十四日,从泗州刘倩叔游南山",原来是苏轼和朋友到郊外去玩,在南山里喝了浮着雪沫乳花的小酒,配着春日山野里的蓼菜、茼蒿、新笋,以及野草的嫩芽等，然后自己赞叹着："人间有味是清欢！"

当时之所以能深记这阕词，最主要的是爱极了后面这一句，因为试吃野菜的这种平凡的清欢，才使人间更有滋味。"清欢"是什么呢？清欢几乎是难以翻译的，可以说是"清淡的欢愉"，这种清淡的欢愉不是来自别处，正是来自对平静的、疏淡的、简朴的生活的一种热爱。当一个人可以品味山野菜的清香胜过了山珍海味，或者一个人在路边的石头里看出比钻石更引人的滋味，或者一个人听林间鸟鸣的声音感受到比提笼遛鸟更感动，或者甚至于体会了静静品一壶乌龙茶比起在喧闹的晚宴中更能清洗心灵……这些都是"清欢"。

"清欢"之所以好，是因为它对生活的无求，是它不讲求物质的条件，只讲究心灵的品味，"清欢"的境界是很高的，它不同于李白的"人生在世不称意，明朝散发弄扁舟"那样的自我放逐；或者"人生得意须尽欢，莫使金樽空对月"那种尽情的欢乐。它也不同于杜甫的"人生有情泪沾臆，江山江花岂终极"这样悲痛的心事，或者"人生不相见，动如参与商；今夕复何夕，共此灯烛光"那种无奈的感叹。

我们活在这个世界上，有千百种人生。文天祥的是"人生自古谁无死，留取丹心照汗青"，我们很容易体会到他的壮怀激烈。欧阳修的是"人生自是有情痴，此恨不关风与月"，我们很能体会到他的绵绵情恨。纳兰性德是"人到情多情转薄，而今真个不多情"，我们也不难会意到他无奈的哀伤。甚至于像王国维的"人生只似风前絮，欢也零星,悲也零星,都作连江点点萍"那种对人生无常所发出的刻骨的感触,我们也依然能够知悉。

可是"清欢"就难了!

尤其是生活在现代的人,差不多是没有清欢的。

你说什么样是清欢呢?我们想在路边好好地散个步,可是人声车声不断地呼吼而过,一天里,几乎没有纯然安静的一刻。

我们到馆子里,想要吃一些清淡的小菜,几乎是杳不可得,过多的油、过多的酱、过多的盐和味精已经成为中国菜最大的特色,有时害怕了那样的油腻,特别嘱咐厨子白煮一个菜,菜端出来时让人吓一跳,因为菜上挤的沙拉比菜还多。

我们有时没有什么事,心情上只适合和朋友啜一盅茶、饮一杯咖啡,可惜的是,心情也有了,朋友也有了,就是找不到地方,有茶有咖啡的地方总是嘈杂的,而且难以找到一边饮茶一边观景的处所。

俗世里没有清欢了,那么到山里去吧,到海边去吧!但是,山边和海湄也不纯净了,凡是人的足迹可以到的地方,就有了垃圾,就有了臭秽,就有了吵闹!

有几个地方我以前常去的,像阳明山的白云山庄,叫一壶兰花茶,俯望着台北盆地里堆叠着的高楼与人欲,自己饮着茶,可以品到茶中有清欢。像在北投和阳明山间的山路边有一个小湖,湖畔有小贩卖功夫茶,小小的茶几,藤制的躺椅,独自开车去,走过石板的小路,叫一壶茶,在躺椅上静静地靠着,有时湖中的荷花开了,真是惊艳一山的沉默。有一次和朋友去,两人在躺椅上静静喝茶,一下午竟说不到几句话,那时我想,这大概是"人间有味是清欢"了。

现在这两个地方也不能去了,去了也只有伤心。湖里的不是荷花了,是飘荡着的汽水罐子,池畔也无法静静躺着了,因为人比草多,石板也被踏损了。到假日的时候,走路都很难不和别人推挤,更别说坐下来喝口茶,如果运气更坏,会遇到呼啸而过的飞车党,还有带伴唱机来跳舞的青年,那时所有的感官全部电路走火,不要说清欢,连欢也不剩了。

要找清欢就一日比一日更困难了。

我当学生的时候,有一位朋友住在中和圆通寺的山下,我常常坐着颠簸的公车去找他,两个人便沿着上山的石阶,漫无速度地,走走、坐坐、停停、看看,那时圆通寺山道石阶的两旁,杂乱地长着朱槿花,我们一路走,顺手摘下一朵熟透的朱槿花,吸着花朵底部的花露,其甜如蜜,而清香胜蜜,轻轻地含着一朵花的滋味,心里遂有一种只有春天才会有的欢愉。

圆通寺是一座全由坚固的石头砌成的寺院,那些黑而坚强的石头坐在山里仿佛一座不朽的城堡。绿树掩映,清风徐徐,我们站在用石板铺成的前院里,看着正在生长的小市镇,那时的寺院是澄明而安静的,让人感觉走了那样高的山路,能在那平台上看着远方,就是人生里的清欢了。

后来，朋友嫁人，到国外去了，我去了一趟圆通寺。山道已经开辟出来，车子可以环山而上，小山路已经很少人走，就在寺院的门口摆着满满的摊贩，有一摊是儿童乘坐的机器马。叽里咕噜的童歌震撼半山，有两摊是打香肠的摊子，烤烘香肠的白烟正往那古寺的大佛飘去。有一位母亲因为不准她的孩子吃香肠而揍打着两个孩子，激烈的哭声尖亢而急促……我连圆通寺的寺门都没有进去，就沉默地转身离开，山还是原来的山，寺还是原来的寺，为什么感觉完全不同了，失去了什么吗？失去的正是清欢。

下山时的心情是不堪的，想到星散的朋友，心情也不是悲伤，只是惆怅，浮起的是一阕词和一首诗，词是李煜的："高楼谁与上？长记秋晴望。往事已成空，还如一梦中！"诗是李觏的："人言落日是天涯，望极天涯不见家。已恨碧山相阻隔，碧山还被暮云遮。"那时正是黄昏，在都市烟尘蒙蔽了的落日中，真的看到了一种悲剧似的橙色。

我二十岁的时候，心情很好的时候，就跑到青年公园对面的骑马场去骑马，那些马虽然因驯服而动作缓慢，却都年轻高大，有着光滑的毛色。双腿用力一夹，它也会如箭一般呼啸向前蹿去，急遽的风声就从两耳掠过。我最记得的是马跑的时候，迅速移动着的草的青色，青茸茸的，仿佛饱含生命的汁液。跑了几圈下来，一切恶的心情也就在风中、在绿草里、在马的呼啸中消散了。

尤其是冬日的早晨，勒着缰绳，马就立在当地，踢踏在长腿，鼻孔中冒着一缕缕的白气，那些气可以久久不散，当马的气息在空气中消弭的时候，人也好像得到了某些舒放了。

骑完马，到青年公园去散步，走到成行的树荫下，冷而强悍的空气在林间流荡着，可以放纵地、深深地呼吸，品味着空气里所含的元素，那元素不是别的，正是清欢。

最近有一天，突然想到了骑马，已经有十几年没骑了。到青年公园的骑马场时差一点儿没吓昏，原来偌大的马场里已经没有一根草了，一根草也没有的马场大概只有台湾才有，马跑起来的时候，灰尘滚滚，弥漫在空气里的尽是令人窒息的黄土，蒙蔽了人的眼睛。马也老了，毛色斑驳而失去光泽。

最可怕的是，不知道什么时候在马场搭了一个塑胶棚子，铺了水泥地，其丑无比，里面则摆了机器的小马，让人骑用，其吵无比。为什么为了些微的小利，而牺牲了这个马场呢？

马会老是我知道的事，人会转变是我知道的事，而在有真马的地方放机器马，在跑马的地方没有一株草则是我不能理解的事。

就在马场对面的青年公园，那里已经不能说是公园了，人比西门町还拥挤吵闹，空气比咖啡馆还坏，树也萎了，草也黄了，阳光也照不灿烂了。我从公园穿越过去，想到少年时代的这个公园，心痛如绞，别说清欢了,简直像极了佛经所说的"五浊恶世"!

生在这个年代,为何"清欢"如此难觅。眼要清欢,找不到青山绿水;耳要清欢,找不到宁静和谐;鼻要清欢,找不到干净空气;舌要清欢,找不到蓼茸蒿笋;身要清欢,找不到清凉净土;意要清欢,找不到智慧明心。如果你要享受清欢,唯一的方法是守在自己小小的天地,洗涤自己的心灵,因为在我们拥有越多的物质世界,我们的清淡的欢愉就日渐失去了。

现代人的欢乐,是到油烟爆起,卫生堪虑的啤酒屋去吃炒蟋蟀;是到黑天暗地、不见天日的卡拉OK去乱唱一气;是到乡村野店、胡乱搭成的土鸡山庄去豪饮一番;以及狭小的房间里做方城之戏,永远重复着摸牌的动作……以为这些污浊的放逸的生活是欢乐,想起来毋宁是可悲的事。为什么现代人不能过清欢的生活,反而以浊为欢、以清为苦呢?

当一个人以浊为欢的时候,就很难体会到生命的滋味,而在欢乐已尽,浊心再起的时候,人间就越来越无味了。

这使我想起东坡的另一首诗来:

> 梨花淡白柳深青,
> 柳絮飞时花满城。
> 惆怅东栏一株雪,

### 人生看得几清明!

苏轼凭着东栏看着栏杆外的梨花,满城都飞着柳絮时,梨花也开了遍地。东栏的那株梨花却从深青的柳树间伸了出来,仿佛雪一样的清丽,有一种惆怅之美,但是,人生,看这么清明可喜的梨花能有几回呢?这正是千古风流人物的性情,这正是清朝大画家盛大士在《溪山卧游录》中说的:"凡人多熟一份世故,即多一分机智。多一分机智,即少一分高雅。""'山中何所有?岭上多白云,只可自怡悦,不堪持赠君。'自是第一流人物。"

第一流人物是什么人物?

第一流人物是在清欢里也能体会人间有味的人物!

第一流人物是在尘世间也能找到清欢的滋味的人物!

## 暖暖的歌

　　云自小路飞起来了,爱是一首暖暖的歌。让星空用幸福的微光照我们,让日月用快乐的明亮引我们,我在檐前望着你的方向,望过山的高旷、水的长波,在我的灵魂我的血液里,酿满使我醉的你的微笑。我把左手交给你、把右手交给你、把一切交给你,他们将永远是你的了,我对你说。

　　近年来,我逐渐地感觉到,真正爱情的可贵不在于突破创造,而能够平静地相守才是真正的可贵。也许这样的思想是有些老态了,只企求一步步地走向未来,再也不希冀奔驰了,因为我认识"守静"不只是爱情,也是生命的最高的情操。那样的感觉像是:航过千辛万难、惊涛骇浪而渐渐驶进一个安全的港湾,纵然有万劫不磨的情爱,终也会倦于漂泊流浪吧!

　　我深深知道,这里是我最初的流浪和最后的归宿了,我只希望在这个澄明的湖底轻泛着心灵的小舟，湖外有山山外有海海外有喧嚣的世界，可是我不愿去理会，因为此地连涟漪都是平静的，我可以酣卧着，可以把每个星星都亮成灯火，把每一丝空气都凝成和风，所有的豪华都隐在山海云外，真淳则在有月亮的时候，自湖底幽幽地浮上来。

从稚嫩羞涩的初恋走出来，从飞扬浪漫的热恋走出来，从无边无际的热烈的温柔里走出来，只因为千万种语言、千万种表情、千万种想念，都再也无法表达我心灵里轻柔完美的芬芳。便突然走进一个无尘的世界，微凉而醇厚的一路上花都是香的，树皆结果，每一朵花每一个果子都诠释着两个生命，两个无限的完美。

真的不能希求更多，也不愿希求更多了，拥有的一朵花已然腾过整个花季，里面盛满知足的宁静，里面透露着一个悠久而坚定的信仰。你的笑貌写进我的历史，你的声音塑进我的生命。许多枯萎的树在那个世界里长出新叶，许多美丽的传说成为新的故事，许多许多情爱的历练仅只在说明，一颗爱的心灵不死。

有这么一个早晨，我陡然在一个美梦中觉醒，便已不再向往高楼大厦，歌台舞榭，而只要一间红墙绿瓦的小屋；不再希望有暑夏热烈的光辉，只要有阳光的春季的温暖。那究竟是如何的一种心境呢？像是原来喜爱红绿黄紫浓艳的色彩，突然喜欢纯白的色泽。谁知道那是一种什么变化，总之是走进了小时候嫩嫩的纯真里了。

为什么会有小时候的想法，把寒冬和暑夏都想得很春天，把微笑也想成能崩天裂云？自己也不知道，只记得小时候为一件东西可以生可以死，后来什么都不在乎，现在也为了情爱可以生可以死，在无形里，竟然验了返璞归真那种说法。不必顾盼不必忆起，都变为纯一的固执，只想植根只想深入，而从这棵树爬到那棵树的新鲜喜悦，留给松鼠去吧！

我一直都在为追寻而不快乐的，直到一片真情若清晨的晓钟把我的忧郁唤醒，直到一片阳光原先照耀我而后自我的心灵发光，我才快乐起来，是那一个我心爱的名字扎根于我的心中，才在灰黄的枯原上，绽放了生命的绿色。

我应该感谢的，却在说不出感谢的当时，一条河静静地流入我的血液，成为我的生命、我的历史、我不朽的信仰，歌在河里，诗在河里，希望也在河里。我知道再也用不着感谢了，我的生命正虔诚地答复这个感谢，从许许多多的变易中已经走到了不变的世界，我要停泊，然后用桨纺织一个蓝蓝的天色，以及灿烂的星光。

让世界的吵闹去喧嚣它们自己吧！让湖光山色去清秀它们自己吧！让人群从远处走来或者自身边擦过吧！我只要用四个手掌，围成一个小小的谷，纯粹只有我们自己的风雨和阳光，纵是落雪之夜，让零落凝结在无边的黑暗中，在我们的世界里唱一首暖暖的歌。

真正爱情的可贵
不在于突破创造
而能够平静地相守
才是真正的可贵

## 雪的面目

在赤道,一位小学老师努力地给儿童说明"雪"的形态,但不管他怎么说,儿童也不能明白。

老师说:雪是纯白的东西。

儿童就猜测:雪像盐一样。

老师说:雪是冷的东西。

儿童就猜测:雪像冰激凌一样。

老师说:雪是粗粗的东西。

儿童就猜测:雪像沙子一样。

老师始终不能告诉孩子雪是什么,最后,他考试的时候,出了"雪"的题目,结果有几个儿童这样回答:"雪是淡黄色,味道又冷又咸的砂。"

这个故事使我们知道,有一些事物的真相,用言语是无法表白的,对于没有看过雪的人,我们很难让他知道雪。像雪这种可看的、有形象的事物都无法明明白白地说清楚，那么，对于无声无色、没有形象、不可捕捉的心念，如何能够清楚地表达呢？

我们要知道雪，只有自己到有雪的国度。

我们要听黄莺的歌声，就要坐到有黄莺的树下。

我们要闻夜来香的清气，只有夜晚走到有花的庭院去。

那些写着最热烈优美的情书的，不一定是最爱我们的人；那些陪我们喝酒吃肉搭肩拍胸的，不一定是真朋友；那些嘴里说着仁义道德的，不一定有人格的馨香；那些签了约的字据呀，也有抛弃与撕毁的时候！

这个世界最美好的事物，都是语言文字难以形容与表现的。

那么，让我们保持适度的沉默吧！在人群中，静观谛听；在独处的时候，保持灵敏。

就像我们站在雪中，什么也不必说，就知道雪了。

在雪中清醒的孤独，总比在人群中热闹的寂寞与迷惑要好些。

雪，冷面清明，纯净优美，念念不住，在某一个层次上，像极了我们的心。

## 清雅食谱

有时候生活清淡到自己都吃惊起来了。

尤其是差不多从对食物的欲望中完全超脱出来,面对别人都认为是很好的食物,一点儿也不感到动心,反而在大街小巷里自己发现一些毫不起眼儿的东西,有惊艳的感觉,并慢慢品味出一种哲学,正如我常说的,好东西不一定贵,平淡的东西也自有滋味。

在台北四维路一条阴暗的巷子里,有好几家山东老乡开的馒头铺子,说是铺子由于实在够小,往往老板就是掌柜,也是蒸馒头的人。这些馒头铺子,早午各开笼一次,开笼的时候水汽弥漫,一些嗜吃馒头的老乡早就排队等在外面了。

热腾腾、有劲道的山东大馒头,一个才五块钱,那刚从笼屉中被老板的大手抓出来的馒头,有一种传统的乡野的香气,非常美味,也非常之结实,寻常一般人一餐也吃不了这样一个馒头。我是把馒头当点心吃的,那纯朴的麦香令人回味,有时走很远的路,只是去买一个馒头。

这巷子里的馒头大概是台北最好的馒头了,只可惜被人遗忘了。有的馒头店兼卖素油饼,大大的一张,可蒸、可煎、可烤,和稀饭吃时,真是人间美味。

说到油饼,在顶好市场后面,有一家卖饺子的北平馆,出名的是"手抓饼",那饼烤出来时用篮子盛着,饼是整个挑松的,又绵又香,用手一把一把抓着吃。我偶尔路过,就买两张饼回家,边喝水仙茶,抓着饼吃,如果遇到下雨的日子,就更觉得那抓饼有难言的滋味,仿佛是雨中青翠生出的嫩芽一样。

说到水仙茶,是在信义路的路摊寻到的,对于喝惯了茉莉香片的人,水仙茶更是往上拔高,如同坐在山顶上听瀑,水仙入茶而不失其味,犹保有洁白清香的气质,没喝过的人真是难以想象。

水仙茶是好,有一个朋友的冻顶豆腐更好。他以上好的冻顶乌龙茶清焖硬豆腐,到豆腐呈金黄色时捞起来,切成一方一方,用白瓷盘装着,吃时配着咸酥花生,品尝这样的豆腐,坐在大楼里就像坐在野草地上,有清冽之香。

有时食物也能像绘画中的扇面,或文章里的小品、音乐里的小提琴独奏,格局虽小,慧心却十分充盈。冻顶豆腐是如此,在南门市场有一家南北货行卖的"桂花酱"也是如此,那桂花酱用一只拇指大的小瓶装着，真是小得不可思议，但一打开，桂花香猛然自瓶中醒来，细细的桂花瓣像还活着，只是在宝瓶里睡着了。

桂花酱可以加在任何饮料或茶水里，加的时候以竹签挑出一滴，一杯水就全被香味所濡染，像秋天庭院中桂花盛放时，空气都流满花香。我只知道桂花酱中有蜜、有梅子、有桂花，却不知如何做成，问到老板，他笑而不答。"莫非是祖传的秘方吗？"心里起了这样的念头，却也不想细问了。

桂花酱如果是工笔，"决明子"就是写意了，在仁爱路上有时会遇到一位老先生卖"决明子"，挑两个大篮用白布覆着，前一篮写"决明子"，后一篮写"中国咖啡"。卖的时候用一只长长的木勺，颇有古意。

听说"决明子"是山上的草本灌木，子熟了以后热炒、冲泡，有明目滋肾的功效。不过，我买决明子只是喜欢老先生买卖的方式，使我想起幼年时代在山上采决明子的情景。在台湾乡下，决明子唤作"米仔茶"，夏夜喝的时候总是配着满天的萤火入喉。

对于能想出一些奇特的方法做出清雅食物的人，我总感到佩服，在师大路巷子里有一家卖酸酪的店，老板告诉我，他从前实验做酸酪时，为了使乳酪发酵，把乳酪放在锅中，用棉被裹着，夜里还抱着睡觉，后来他才找出做酸酪最好的温度与时间。他现在当然不用棉被了，不过他做的酸酪又白又细，真像棉花一般，入口成泉，若不是早年抱棉被，恐怕没有这种火候。

那优美的酸酪要配什么呢？八德路一家医院餐厅里卖的全黑麦面包，或是绝配。那黑麦面包不像别的面包是干透的，里面含着一些浓香的水分，有一次问了厨子，才知道是以黑麦和麦芽做成，麦芽是有水分的，才使那里的黑麦面包一枝独秀。想出加麦芽的厨子，胸中自有一株麦芽。

食物原是如此，人总是选着自己的喜好，这喜好往往与自己的性格和本质十分接近，所以从一个人的食物可以看出他的人格。

但也不尽然，在通化街巷里有一个小摊，摆两个大缸，右边一缸卖"蜜茶"，左边一缸卖"苦茶"，蜜茶是甜到了顶，苦茶是苦到了底，有人爱甜，却又有人爱那样的苦。

"还有一种人，他先喝一杯苦茶，再喝一杯蜜茶，两种都要尝尝。"老板说，不过他也笑了："可就没看过先喝蜜茶再喝苦茶的人，可见世人都爱先苦后甘，不喜欢先甘后苦吧！"

后来，我成了第一个先喝蜜茶再喝苦茶的人，老板着急地问我感想如何？

"喝苦茶时，特别能回味蜜茶的滋味。"我说，我们两人都大笑起来。

旁边围观的人都为我欢欣地鼓掌。

喝苦茶时
特别能回味蜜茶的滋味

## 放 下

搭朋友的便车,去看另一个朋友,车子先走敦化南路,转南京东路,再转中山北路。

我正注视窗外流过的人、车、树木,开车的朋友突然指着窗外的大楼说:"你看这些人多么有钱,有很多大楼是属于同一个财团,甚至是同一个人的。"言下颇有羡慕之意。

"那有什么好呢?背了愈多的财富,放下就更难呀!"我说。

我们看到这个社会上拥有百亿资产、七十岁以上的人,还有很多人每天烦恼去何处开工厂;清晨就要赶去早餐会报;中午要看股票行情;连在路边散个步、吃一碗蚵仔面线也不可得呀!

"像我们没有财富的背累,又没有权势要争夺,也不必拼命去博取名望,想和朋友喝茶就可以出发才是最幸福的。"我一说,朋友露出了笑容。

我告诉朋友,我在年纪尚小的时候,常在田间帮忙农作,要扛着稻谷或挑着香蕉在田埂行走,大人的教导里,最重要的一项是放下和提起同等重要,扛起时没有顺势而为,就会"煞到中气",放下时没有顺势而为就会"闪到腰子",都是非常严重的。

你看!冬日难得的晴天,放下对财富、权势、名声的营谋,去喝今年难得的冬茶,真是感到幸福。

或者,有百亿资产者也有我们不知的幸福,我们用不着知道,只要我们深知放下的幸福也就好了。

## 连兴老店

> 事不可做尽，
>
> 势不可倚尽，
>
> 言不可道尽，
>
> 福不可享尽，
>
> 凡事不尽处，
>
> 意味偏长。
>
> ——僧显公

在台北基隆路，凯悦饭店斜对面，有一家连兴老店，已经开了半甲子，价钱便宜，常使路过的人大吃一惊。

一大盘什锦炒面，四十元，一个人吃不完。

加大的什锦炒面，四十五元，两个人吃刚好。

任何的炒菜,都不超过一百元,一大盘炒虾,一百元。一大盘炒花枝,一百元。一大盘炒青菜,只要五十元。

有一次,点了一碗虱目鱼汤,一百元。端出来是一大碗,吓了我一跳,三个人勉强才吃完。

如果喜欢吃卤味,只要两百元,就能给五六个人享用。

价钱便宜不稀奇,连兴老店是由一对老夫妻经营,他们都有惊人的厨艺。例如用凤梨豆瓣煮出来的虱目鱼汤,只要换一只精致的碗,摆在大饭店的酒席上也丝毫不逊色。

他们会有这么好的厨艺,是因为三十年来菜色没有变过,一个人煮同样的菜三十年,精益求精,煮出好菜是理所当然的。比较奇特的是,夫妻煮出来的菜,味道完全一样,这可能是互相长期琢磨的结果。

连兴老店有二十年没有涨价了,我问老板:"为什么二十年没有调价?这样怎么经营呢?"

老板说:"来我这里吃的都是一些劳动的人,他们赚钱很辛苦,要吃便宜,又要吃粗饱。我每年都想要涨价,但想到来吃的老客人那么辛苦,就不忍心呢!一年拖过一年,妄度,妄度,竟然二十年没有起价了。"

为了一点儿"不忍心",有一些老客人在连兴老店已经吃了二十几年的午餐,怕他们负担不起。

为了一点儿"不忍心",三十年来,老夫妻就住在面店上方隔出来的三尺高的夹层里，夜里只能爬着进去睡觉。

三十年来，信义计划区从稻田、平房、公寓，到大楼林立，成为台北市最昂贵的地段，连兴的老夫妻依然过着平常的日子，连兴老店也没有改变过。

我时常会带家人、朋友到连兴老店吃饭，我们坐在廊下，吃着四十元的炒面或二十元的汤面，抬起头就会看见五十公尺外的凯悦大饭店的门厅，金碧辉煌。这时，我会感到人生如梦，也会深刻地感受到，即使是最平凡的人，只要有了信念的坚持，生命就会变得美好，这种美好，可以穿越时空。

偶尔远地的朋友来访，到了吃饭时间，我总会开玩笑地说："走！我们去凯悦大饭店……的斜对面吃饭！"

心地柔软的朋友，到了连兴老店就会有很深的感触。

我总会开玩笑地说："以后我们到凯悦吃饭，应该改说成'我们到连兴的斜对面去吃'！因为是先有连兴，才有凯悦，连兴又比凯悦可爱、可亲得多！"

在连兴老店吃了一碗炒面，喝了一碗下水汤，散步到信义商圈，经过市议会、市政府，穿过凯悦饭店的回廊，走过华纳威秀人潮汹涌的门厅与新光三越金碧辉煌的大门，再往前走，是一大片菜园，种了芋头、地瓜、冬瓜与白菜、红菜……一坪近三百万的土地，用来种一斤十元的菜，真是令人无限惊奇！

这世界有一些事变化神速，还有一些事永远停步；有一些人不断发展，有一些人一直坚持。

作为一个写作人，我既欣赏连兴老店的坚持，写作总有一些超越物质的精神境界；我也欣赏信义商圈的快速与繁华，写作也总有一些风格的发展与创见。常有常的好，变有变的妙。

我坚持的是"莫忘初心"，在我很小很小的时候，就相信作家有某种心灵的崇高，可以使人在阅读的时候变得更美好。

我喜欢作家福克纳，在领取诺贝尔文学奖时会说："我拒绝接受人类的末日！"

多么石破天惊的一句话！

一个小小的面店老板都可以崇高地说："我不忍心对顾客涨价！"

对作家而言，我们所坚持的不同，但情义是一样的，我拒绝接受人类的末日！我拒绝接受！所以，和连兴老店一样，写了半甲子，依然坚持文学的美好！

## 失落的王者之香

掬水月在手,弄花香满衣。

——《虚堂录》

朋友邀我去参观兰花园。我以为会看到在温室里美轮美奂的兰花,却大出意外地看见一个巨大的工厂。兰花工厂里,有许许多多小试管、中试管和大一些的玻璃试管。兰花是一大群一大群地"养"在试管里,靠着营养液成长,稍大一些,就换一个试管。

现在兰花的种植已不像从前了。从前的兰花要透过分芽来繁殖,一株兰花的养成要经年累月;现在的兰花用的是试管,只要一丁点儿的细胞就可以分种出新的兰花。

最后,花期将至,把兰花放在小塑胶盆里,一株株排列整齐,等到花苞结满,就可以出货了。

我站在那数十万株兰花的工厂里面，心情非常的复杂，感觉不像是站在花园里，而像是站在"鸡寮"和"猪舍"。美，霎时隐没了。

　　一个长久思索的答案显现了：现在不管在何时何地看见的兰花都是一个样子——花朵巨大完整，花枝修长挺立。那是缘于它们都是"工厂制造"的成品，不会有虫鸟的咬吃，不会有风雨的痕迹，也不会因为外在的因素长得歪曲、怪异，更不会有时空的变化与沧桑！

　　作为一株花的形是确立了，但是作为一株花的神却失散了！

　　种兰的朋友告诉我，通过现代的种兰科技，已完全打破名兰的神话。从前一株达摩兰曾要价千万元，因为繁殖不易，物以稀为贵呀！现在一下子就可以种出千株达摩兰，所以，"达摩兰一株只要一百元！"

　　其他的名种兰也是一样，娇贵无比的兰花已经成为非常平价的花卉，甚至比一般的花还要便宜。

　　朋友遗憾地说："比较可惜的是，用试管种出的兰花，是没有香气的。人说兰花香是'王者之香'，在万香中为第一；现代的兰花却完全失去了香气，我们找不到原因，所以在种植的过程中也无从改良了。"

　　是呀！古代以梅、兰、竹、菊来象征君子的风骨，兰花的真香正是代表了君子有人格的芬芳，失去了芳香的兰花又要以什么来比喻君子呢？

　　从前的人弄花而香满衣，踏花归去而马蹄留香，现代的人把花都戴在身上，也不会有什么香气。这不正是象征现代人不重视人格的芬芳吗？兰花的香气源于缓慢的成长、岁月的累积，是无法在试管中速成的，人格的馨香不也是一点一滴习染的吗？

花香是外放的，也是内藏的，生命的悟境也是如此。

在月圆之夜，你在湖边掬水，掬起来的每一捧水，里面都有月亮，湖中也有月亮，乃至千江有水千江月！月亮是那么多，却只有捧在手中的月影，是如此真实！

商人波利入海求宝，海神从水中出来说：

"海水为多，掬水为多？"

波利答曰："掬水为多，所以者何？海水虽多，无益时用，不能救彼饥渴之人；掬水虽少，值彼渴者，持用与之，以济其命。"

掬水一捧就能救济生命，掬水一捧就能看见天上的明月，这就是为什么禅宗祖师开悟了说出"掬水月在手，弄花香满衣"这么优美的话。

会心不远，明月也在掬水之间。

心不着境，走过生命的落花，也有满身的花香。

走出朋友的兰花工厂，内心颇感失落。生命的天平或许就是如此，走得快速，就失去从容；过得繁复，就失去单纯；生活忙碌，就失去平静……

掬水与花香，值得细细思量。

会心不远
明月也在掬水之间
心不着境
走过生命的落花
也有满身的花香

味之素

在南部,我遇见位中年农夫,他带我到种稻子的田地。

原来他营生的一甲多稻田里,大部分是机器种植,从耕耘、插秧、锄草、收割,全是机械化的。另外留下一小块田地由水牛和他动手,他说一开始时是舍不得把自小养大的水牛卖掉,也怕荒疏了自己在农田的经验,所以留下一块完全用"手工"的土地。

等到第一次收成,他仔细地品尝了自己用两种耕田方式生产的稻米,他发现,自己和水牛种出来的米比机器种的要好吃。

"那大概是一种心理因素吧!"我说,因为他自己动手,总是有情感的。

农夫的子女也认为是心理因素,农会的人更认为这是不可能的,只是抗拒机器的心理情结。

农夫说:"到后来我都怀疑是自己的情感作祟,我开始做一个实验,请我媳妇做饭时不要告诉我是哪一块田的米,让我吃的时候来猜,可是每次都被我说中了,家里的人才相信不是因为感情和心理,而是味道确有不同,只是年轻人的舌头已经无法分辨了。"

这种说法我是第一次听见,照理说同样一片地,同样的生长环境,不可能长出味道可以辨别的稻米。农夫同样为这个问题困惑,然后他开始追查为什么他种的米会有不同的味道。

他告诉我——那是因为传统。

什么样的传统呢?——我说。

他说:"我从翻田开始就注意自己的土地,我发现耕耘机翻过的土只有一尺深,而一般水牛的力气却可以翻出三尺深的土,像我的牛,甚至可以翻三尺多深。因此前者要下很重的肥料,除草时要用很强的除草剂,杀虫的时候就要放加倍的农药,这样,米还是一样长大,而且长得更大,可是米里面就有了许多不必要的东西,味道当然改变了,它的结构也不结实,所以它嚼起来淡淡松松,一点也不 Q。"

至于后者,由于水牛能翻出三尺多深的土地,那些土都是经过长期休养生息的新土,充满土地原来的力量,只要很少的肥料,有时根本用不着施肥,稻米已经有足够成长的养分了。尤其是土翻得深,原来长在土面上的杂草就被新翻的土埋葬,除草时不必靠除草剂,又因为翻土后经过烈日暴晒,地表皮的害虫就失去生存的环境,当然也不需要施放过量的农药。

农夫下了这样的结论:"一株稻子完全依靠土地单纯的力气长大,自然带着从地底深处来的香气。你想,咱们的祖先几千年来种地,什么时候用过化肥、除草剂、农药这些东西?稻子还不是长得特好,而且那种米香完全是天然的。原因就在翻土,土犁得深了,稻子就长得好了。"

是吧!原因就在翻土,那么我们把耕耘机改成三尺深不就行了吗?农夫听到我的言语笑起来,说:"这样,耕耘机不是要累死了。"我们站在农田的阡陌上,会心地相视微笑。我多年来寻找稻米失去米的味道的秘密,想不到在乡下农夫的实验中得到一部分解答。

我有一个远房亲戚,在桃园大溪的山上种果树,我有时去拜望他,循着青石打造的石阶往山上走的时候,就会看到亲戚自己垦荒拓土开辟出来的果园,他种了橙子、橘子、木瓜、香蕉和葡萄,还有一片红色莲雾。

台湾的水果长得好,是人尽皆知的事,亲戚的果园几乎年年丰收,光是站在石阶上俯望那一片结实累累红白相映的水果,就能够让人感动,不用说能到果园里随意采摘水果了。但是每一回我提起到果园采水果,总是被亲戚好意拒绝,不是这片果园刚刚喷洒农药,就是那片果园才喷了两天农药,几乎没有一片干净的果园,为了顾及人畜的安全,亲戚还在果园外面竖起一块画了骷髅头的木板,上书"喷洒农药,请勿采摘"。

他说:"你们要吃水果,到后园去采吧!那一块是留着自己吃的,没有喷农药。"

在他的后园里有一小块围起来的地,种了一些橘子、橙子、木瓜、香蕉、柁果,还有两棵高大的青种莲雾等四季水果,周围沿着篱笆,还有几株葡萄。在这块"留着自己吃的"果园,他不但完全不用农药,连肥料都是很少量使用,但经过细心的整理,果树也是结实累累。果园附近,还种了几亩菜,养了一些鸡,全是土菜土鸡。

我们在后园中采的水果,相貌没有大园子那样堂皇,总有几个有虫咬鸟吃的痕迹,而且长得比较细瘦,尤其是青种的老莲雾,大概只有红色莲雾的一半大。亲戚对这块园子津津乐道,说是别看这些水果长相不佳,味道却比前园的好得多,每种水果各有自己的滋味,最主要是安全,不怕吃到农药。他说:"农药吃起来虽不能分辨,但是连虫和鸟都不敢吃的水果,人可以吃吗?"

他最得意的是两棵青种的莲雾,说那是在台湾已经快绝迹的水果了,因为长相不及红莲雾,论斤论秤也不比红莲雾赚钱,大部分被农民毁弃。"可是,说到莲雾的滋味,红莲雾只是水多,一点儿没有味道的,青莲雾的水少,肉质结实,比红色的好多了。"

然后亲戚感慨起来,认为台湾水果虽一再改良,愈来愈大,却都是水,每一种水果吃起来味道没什么区别,而且腐败得快,以前可以放上一星期不坏的青莲雾,现在的红莲雾则采下三天就烂掉一大半。

我向他提出抗议，说为什么自己吃的水果不洒农药和肥料，卖给果商的水果却要大量喷洒，让大家没有机会吃好的、安全的水果，他苦笑着说："这些虫食鸟咬的水果，批发商看了根本不肯买。这全是为了竞争呀！我已经算是好的，听说有的果农还在园子里洒激素、抗生素呢！我虽洒了农药，总是到安全期才卖出去，一般果农根本不管，价钱好的时候，昨天下午才洒的农药，今天早上就采收了。"

我为亲戚的话感慨不已，更为农民的良知感到忧心，他反倒笑了说："我们果农流传一句话，说'台北人的胃卡勇'，他们从小吃农药激素长大，身上早就有抗体，不会怎么样的。"至于水果真正的滋味呢！台北人根本不知道原味是什么，早已无从分辨了。

亲戚从橱柜中拿出一条萝卜，又细又长一副营养不良的样子，根须很长大约有七八厘米，他说："这是原来的萝卜，在菜场已经绝种，现在的萝卜有五倍大，我种地种了三十年，十几年前连做梦也想不到萝卜能长那么大，但是拿一五倍大的萝卜熬汤，滋味却没有这一条小小的来得浓！"

每次从亲戚山上的果园菜园回来，常使我陷入沉思，难道我们要永远吃这种又肥又痴、水分满溢又没有滋味的水果蔬菜吗？

我脑子里浮现出几件亲身体验的事：母亲在乡下养了几只鹅，有一天在市场买芹菜回来，把菜头和菜叶摘下丢给鹅吃，那些鹅竟在一夜之间死去，全身变黑，是因为菜里残留了大量的农药。

有一次在民生公园,看到一群孩子围在一处议论纷纷,我上前去看,原来中间有一只不知哪里跑出来的鸡。这些孩子大部分没看过活鸡,他们对鸡的印象来自课本,以及喂了大量激素、抗生素,从出生到送入市场只要一月左右的肉鸡。

有一回和朋友谈到现在的孩子早熟,少年犯罪频繁,一个朋友斩钉截铁地说,是因为食物里加了许多不明来历的物质,从小吃了大量激素的孩子,怎能不早熟,怎能不性犯罪?这恐怕不能说不是一条线索。

印象最深刻的是,二十年前,有人到我们家乡推销味素,在乡下叫作"鸡粉",那时的宣传口号是"清水变鸡汤",乡下人趋之若鹜,很快使味素成为家家必备的用品,不管是做什么菜,总是一大瓢味素撒在上面,把所有的东西都变成一种"清水鸡汤"。

我如今对味素敏感,吃到味素就要作呕。是因为味素没有发明以前,乡下人的"味素"是把黄豆捣碎拌一点土制酱油,晒干以后在食物中加一点儿,其味甘香,并且不掩盖食物原来的味道。现在的味素是什么做的,我不甚了然,听说是纯度百分之九十九的 L-麸酸钠,这是什么东西?吃了有无坏处?对我是个大的疑惑。唯一肯定的是味素是"破坏食物原味的最大元素"。"味素"而破坏"味之素",这是现代社会最大的反讽。

我有一个朋友,一天睡眼蒙眬中为读小学六年级的孩子做早餐,煮"甜蛋汤",放糖时错放了味素,朋友清醒以后,颇为给孩子放的五瓢味素操心不已,孩子放学回来,却竟未察觉蛋汤里放的不是糖,而是味素——失去对味素的知觉比吃错味素更令人揪心。

过度的味素泛滥,一般家庭对味素的依赖,已经使我们的下一代失去了舌头。如果我们看到饭店厨房用大桶装的味素,就会知道连我们的大厨师傅也快没有舌头了。

除了味素,我们的食物有些什么呢?硼砂、色素、激素、抗生素、肥料、农药、糖精、防腐剂、咖啡因……我们还有什么可以吃,而又有原味的食物呢?加了这些,我们的蔬菜、水果、稻米、猪、鸡往往生产过剩而丢弃,因为长得太大、太多、太没有味道了。

生为一个现代人,我时常想起"吾不如老农,吾不如老圃"的话,不是我力不能任农事,而是我如果是老农,可以吃自种的米;是老圃,可以吃自种的蔬菜水果,至少能维持一点点舌头的尊严。

"舌头的尊严"是现代人最缺的一种尊严。连带的,我们也找不到耳朵的尊严(声之素),找不到眼睛的尊严(色之素),找不到鼻子的尊严(气之素)。嘈杂的声音、混乱的颜色、污浊的空气,使我们像电影《怪谈》里走在雪地的美女背影,一回头,整张脸是空白的,仅存的是一对眉毛,在清冷纯净的雪地,最后的眉毛,令我们深深打着寒战。

没有了五官的尊严,又何以谈人生?

洗茶碟的时候，不小心打破了一根清朝的古董汤匙，心疼了好一阵子，仿佛是心里某一个角落跌碎了一般。

那根汤匙是有一次在金门一家古董店找到的。那一次我们在山外的招待所，与招待我们的军官聊到古董，他说在金城有一家特别大的古董店，是由一位小学校长经营的，一定可以找到我想要的东西。

夜里九点多，我们坐军官的吉普车到金城去。金门到了晚上全面宵禁，整座城完全漆黑了，商店与民家偶尔有一盏烛光的电灯。由于地上的沉默与黑暗，更感觉到天上的明星与夜色有着晶莹的光明，天空是很美很美的灰蓝色。

到古董店时，校长正与几位朋友喝茶。院子里堆放着石磨、石槽、秤锤。房子里十分明亮，与外边的漆黑有着强烈的对比。

就像一般的古董店一样，名贵的古董都被收在玻璃柜子里，每日整理、擦拭。第二级的古董则在柜子上排成一排一排。我在那些摆着的名贵陶瓷、银器、铜器前绕了一圈，没见到我要的东西。后来校长带我到西厢去看，那些不是古董而是民间艺术品，因为没有整理，显得十分凌乱。

最后，我们到东厢去，校长说："这一间是还没有整理的东西，你慢慢看。"他大概已经嗅出我是不会买名贵古董的人，不再为我解说，到大厅里继续和朋友喝茶了。

这样正合了我的意思，我便慢慢地在昏黄的灯光下寻索检视那些灰尘满布的老东西。我找到两个开着粉红色菊花的明式瓷碗，两个民初的粗陶大碗，一长串从前渔民用来捕鱼的鱼网陶坠。蹲得脚酸，正准备离去时，看到地上的角落开着一朵粉红色的莲花。

拾起莲花，原来是一根汤匙，茎叶从匙把伸出去，在匙心开了一朵粉红色的莲花。卖古董的人说："是从前富贵人家喝莲子汤用的。"

买古董时有一个方法，就是挑到最喜欢的东西要不动声色，毫不在乎。结果，汤匙以五十元就买到了。

我非常喜欢那根莲花汤匙，在黑夜里赶车回山外的路上，感觉到金门的晚上真美，就好像一朵粉红色的莲花开在汤匙上。

回来，舍不得把汤匙收起来，经常拿出来用。每次用的时候就会想起，一百多年前或者曾有穿绣花鞋、戴簪珠花的少女在夏日的窗前迎风喝冰镇莲子汤，不禁感到时空的茫然。小小如一根汤匙，可能就流转过百年的时间，走过千百里空间，被许多不同的人使用，这算不算是一种轮回呢？如果依情缘来说，说不定在某一个前世我就用过这根汤匙，否则，怎么会千里迢迢跑到金门，而在最偏僻的角落与它相会呢？这样一想，使我怅然。

现在它竟落地成为七片。我把它们一一拾起，端视着不知道要不要把碎片收藏起来。对于一根汤匙，一旦破了就一点用处也没有了，就好像爱情一样，破碎便难以缝补，但是，曾经宝爱的东西总会有一点不舍的心情。

我想到，在从前的岁月里，不知道打破过多少汤匙，却从来没有一次像这一次，使我为汤匙而叹息。其实，所有的汤匙本来就是一块泥土，在它被匠人烧成的那一天就注定有一天会打破。我的伤感，只不过是它正好在我的手里打破，而它正好画了一朵很美的莲花，正好又是一个古董罢了。

这个世界的一切事物都只不过是偶然。一撮泥土偶然被选取，偶然被烧成，偶然被我得到，偶然地被打破……在偶然之中，我们有时误以为是自己做主，其实是无自性的，在时空中偶然的生灭。

在偶然中，没有破与立的问题。我们总以为立是好的，破是坏的，其实不是这样。以古董为例，如果全世界的古董都不会破，古董终将一文不值；以花为例，如果所有的花都不会凋谢，那么花还有什么价值呢？如果爱情都能不变，我们将不能珍惜爱情；如果人都不会死，我们必无法体会出生存的意义。然而也不能因为破立无端，就故意求破。大慧宗杲曾说："若要径截理会，需得这一念子噗地一破，方了得生死，方名悟入。然切不可存心待破。若存心破处，则永劫无有破时。但将妄想颠倒的心、思量分别的心、好生恶死的心、知见解会的心、欣静厌闹的心，一时按下。"

大慧说的是悟道的破，是要人回到主体的直观，在生活里不也是这样吗？一根汤匙，我们明知它会破，却不能存心待破，而是在未破之前珍惜它，在破的时候去看清："呀，原来汤匙是泥土做的。"

这样我们便能知道僧肇所说的："不动真际为诸法立处。非离真而立处，立处即真也。然则道远乎哉？触事而真。圣远乎哉？体之即神。"（一个不动的真实才是诸法站立的地方。不是离开真实另有站立之处，而是每一个站立的地方都是真实的。每接触的事物都是真实的，道哪里远呢？每有体验之际就有觉意，圣哪里遥远呀？）

我宝爱于一根汤匙，是由于它是古董，它又画了一朵我最喜欢的莲花，才使我因为心疼而失去真实的观察。如果回到因缘，僧肇也说得很好。他说："物从因缘故不有，缘起故不无，寻理即其然矣。所以然者，夫有若真有，有自常有，岂待缘而后有哉？譬彼真无，无自常无，岂待缘而后无也。若有不自有，待缘而后有者，故知有非真有。

有非真有，虽有不可谓之有矣。"

一根莲花汤匙，若从因缘来看，不是真实的有，可是在缘起的那一刻又不是无的。一切有都是真有，而是等待因缘才有，犹如一撮泥土成为一根汤匙需要许多因缘；一切无也不是真的无，就像一根汤匙破了，我们的记忆中它还是有的。

我们的情感，乃至于生命，也和一根汤匙没有两样，"捏一块泥，塑一个我"，我原是宇宙间的一把客尘，在某一个偶然中，被塑成生命，有知、情、意，看起来是有的、是独立的，但缘起缘灭，终又要散灭于大地。我有时候长夜坐着，看看四周的东西，在我面前的是一张清朝的桌子，我用来泡茶的壶是民初的，每一样都活得比我还久，就连架子上我在海边拾来的石头，是两亿七千万年前就存在于这个世界了。这样想时，就会悚然而惊，思及"世间无常，国土危脆"，感到人的生命是多么脆弱。

在因缘的无常里，在脆弱的生命中，最能使我们坦然活着的，就是马祖道一说的"平常心"了。在行住坐卧、应机接物都有平常心地，知道"月影有若干，真月无若干；诸源水有若干，水性无若干；森罗万象有若干，虚空无若干；说道理有若干，无碍慧无若干。"（马祖语）找到真月，知道月的影子再多也是虚幻，看见水性，则一切水源都是源头活水……

三祖僧璨说："莫逐有源，勿住空忍。一种平怀，泯然自尽。"这"一种平怀"说得真好。以一种平坦的怀抱来生活,来观照,那生命的一切烦恼与忧伤自然就灭去了。

我把莲花汤匙的破片丢入垃圾桶,让它回到它来的地方。这时,我闻到了院子里的含笑花很香很香,一阵一阵,四散飞扬。

## 忘情花的滋味

院子里的昙花突然间开了,一共十八朵。

夜里,我打开院子里的灯,坐在幽暗的室内望向窗外,乳白色的昙花在灯下有一种难言的姿色,每一朵都是一幅春天的风景。

昙花是不能近看的,它适合远观。近看的昙花只是昙花,一种炫目的美丽。远观的昙花就不同了,它像是池里的睡莲在夜间醒来,一步一步走到人们的前庭后院,爬到昙花枝上,弯下腰,吐露出白色的芬芳。

第二天清晨,昙花全谢了,垂着低低的头。

我和妻子商量着,用什么方法吃那些凋谢的昙花。我说,昙花炒猪肉是最鲜美的一道菜,是我小时候常吃的。妻子说,昙花属于涅槃科,是吃斋的,不能与猪肉同炒,应该熬冰糖,可以生津止咳,可以叫人宠辱皆忘。

后来我们把昙花熬了冰糖,在春天的夜里喝昙花茶特别有一种清香的滋味,喝进喉里,它的香气仿佛是来自天的远方,比起阳明山白云山庄的兰花茶毫不逊色——如果兰花是王者之香,昙花就是禅者之香,充满了遥远、幽渺、神秘的气味。

果然,妻子说,昙花的另一个名字叫"忘情花",忘情就是"寂焉不动情,若遗忘之者",也就是《晋书》中说的"圣人忘情"。

在缤纷灿烂的花世界里,"忘情花"不知是哪一位高人命名的,但他为昙花的一生下了一个批注。昙花好像是一个隐者,举世滔滔中,昙花固守了自己的情,将一生的精华在一夜间吐放。它美得那么鲜明,那么短暂。因为鲜明,所以动人;因为短暂,才教人难忘。当它死了之后,我们喝着用它煎熬成的昙花茶,对昙花,它是忘情了,对我们,却把昙花遗忘的情喝进腹中,在腹中慢慢地酝酿。

喝昙花茶使我想起童年时代吃昙花的几种滋味。

小时候,家后院种了一片昙花,因为妈妈是爱看昙花的,而爸爸却是爱吃昙花的。据爸爸说,最好吃的昙花是在它盛开的时候,又香又脆。可是妈妈不许,她不准任何人在昙花盛放时吃昙花。因此,春天昙花开成一片白的时候,我们也只好在旁边坐守,看它仰起的头垂下才敢吃它。

爸爸吃昙花有好几种方法。

第一种方法是"昙花炒猪肉",把切成细丝的昙花和肉丝丢进锅中,烈火一炒，就是一道令人垂涎的好菜。在这一道菜里，昙花的滋味像是雨后笋园中冒出来的香蕈，华润、清淡，入口即不能忘。

第二种方法是"昙花炖鸡"，将整朵的昙花一一洗净，和鸡块同炖，放一点姜丝。这一道菜中，昙花的滋味有一点像香菇，汤是清的，捞起来的昙花还像活的一般。

第三种方法是"炸昙花饼"，把糖、面粉和鸡蛋打匀，把昙花粘满，放到油锅中炸成金黄色即可食。这一道菜中，昙花香脆达于极致，任何饼都无法比拟。

童年时在爸爸的调教下，我们每个兄弟几乎都成了"食花的怪客"。我们吃过的还不只是昙花，我们也吃过朱槿花、栀子花、银莲花、红睡莲、野姜花，以及百合花，我们还吃过寒芒花的嫩芽、鸡冠花的叶子、满天星的茎，以及水笔仔的幼根，每种花都有不同的滋味。那时候年纪小，不知道"怜香惜玉"这一套，如今想起那些花魂，心中总是有一种罪过的感觉。

然而，食花真是有罪的吗？食了昙花真能忘情吗？

有一次读《本草纲目》，知道古人也食花，古人也食草。《本草纲目》中谈到萱草时，引了李九华的《延寿书》说："嫩苗为蔬，食之动风，令人昏然如醉，因名忘忧。"如果萱草的"忘忧草"的名是因之而起，我倒愿为昙花是"忘情花"下一批注："美花为蔬，食之忘情，令人淡然超脱，因名忘情。"

"忘情花"的滋味是宜于联想的。

在我们的情感世界里，"忘情"几乎是不可能的境界，因为有爱就有纠结，有情就有牵缠。如何在纠结与牵缠中能拔出身来，走向空旷不凡的天地？那就要像"忘情花"一样，在短暂的时间里开得美丽，等凋萎了以后，把那些纠结与牵缠的情经过煎、炒、煮、炸的锻炼，然后一口一口吞入腹里，并将它埋到心底最深处，等到另一个开放的时刻。

每个人的情感都是有盛衰的，就像昙花，即使忘情，也有兴谢。我们不是圣人，不能忘情，再好的歌者也有恍惚而失曲的时候，再好的舞者也有乱节而忘形的时刻。我们是小小的凡人，不能有"爱到情近佛心"的境界，但是我们可以"藏情"，把完成过、失败过的情爱像一幅卷轴一样卷起来，放在心灵的角落里，让它沉潜，让它褪色。在岁月的足迹走过后打开来，看自己在卷轴空白处的落款，以及还鲜明如昔的刻印。

我们落过款、烙过印，我们惜过玉、怜过香，这就够了。忘情又如何？无情又如何？

我们落过款

烙过印

我们惜过玉

怜过香

这就够了

忘情又如何

无情又如何

图书在版编目（CIP）数据

人生看得几清明 / 林清玄著. -- 北京：北京联合出版公司，2016.12（2018.8重印）
ISBN 978-7-5502-8970-3

Ⅰ. ①人… Ⅱ. ①林… Ⅲ. ①散文集－中国－当代 Ⅳ. ①I267

中国版本图书馆CIP数据核字(2016)第264957号
本书由台北九歌出版社有限公司授权出版

## 人生看得几清明

作　　者：林清玄
出版统筹：新华先锋
责任编辑：徐　鹏
特约监制：林　丽
策划编辑：刘　钊
封面设计：郑金将
版式设计：徐　倩

---

北京联合出版公司出版
（北京市西城区德外大街83号楼9层　100088）
三河市春园印刷有限公司印刷　新华书店经销
字数100千字　620毫米×889毫米　1/16　14印张
2016年12月第1版　2018年8月第3次印刷
ISBN 978-7-5502-8970-3
定价：39.50元

---

未经许可，不得以任何方式复制或抄袭本书部分或全部内容
版权所有，侵权必究
本书若有质量问题，请与本社图书销售中心联系调换
电话：010-88876681　010-88876682